徳間文庫

御松茸騒動

朝井まかて

徳間書店

目次

第一章

何だ、これ。土台で間違ってるじゃないか。

榊原小四郎《さかきばらこしろう》は今朝から五度目の舌打ちをしながら、細長く割《さ》いた付箋《ふせん》に朱を入れた。

二十を三で割ると六……とは、余りの二はどこへ行ったのだ。まったく。こんな誤りを最初に犯しているから、正しい解から莫大に離れた計算になる。

上役はいつもこんないい加減な帳面を作っては小四郎に回してきて、検算させるのだ。鹿爪《しかつめ》らしく算盤《そろばん》を弾《はじ》きながら、割算の九九、つまり八算《はっさん》を弁《わきま》えていないとしか思えぬ間違いも平気である。

ああ、こっちは誤字だ。小四郎は「御札」を「御礼」と正し、「優柔不断ニ対処ノ事」には「臨機応変ニ対処ノ事」と朱を入れた。こんな誤字脱字に勘定間違い、勘違い、これぞ日常茶番事と呼んでやろうか。しかもこの帳面ときたら、頭の蕪雑《ぶざつ》さをみごとに露呈している汚さだ。方々に墨をこぼし、書き損じを筆先でごまかし、紙の端も数枚ごとに折れている。

小四郎は紙の畳み皺《じわ》を指先で伸ばしては文鎮《ぶんちん》を置き、間違いの逐一《ちくいち》に付箋《ふせん》をつけて正しい答えを記す。本当は一から綺麗《きれい》に清書したいが、しかもその方がよほど速いのだが、そうすると上役の仕事を奪うことになる。

やれやれと、手を動かしながら前に居並ぶ羽織を見回した。

戦場《いくさば》で働くのが稼業であった武士が槍《やり》や刀を振り回す代わりに筆を持つようになって、かれこれ百五十年は経《た》つ。戦場では数が物を言うが、今ははっきり言って侍が余っている。ゆえにこんな役方《やくかた》の仕事でも、何人もが寄ってたかって持ち回るのである。こんな無能な者らにも生涯、禄《ろく》を支給し続けねばならないのだから、藩の財政再建が遅々として進まぬのも無理はない。

小四郎は徳川御三家の一家、尾張《おわり》藩の藩士である。

榊原家は父、清之介《せいのすけ》の代に定府《じょうふ》藩士となったので、小四郎は江戸で生まれ育った。定府衆は主君の滞在年にかかわらず江戸藩邸で勤め、役宅も広大な邸内の中に賜っている。小四郎が家督《かとく》を継いだのは昨年、清之介が病の床に臥《ふ》した宝暦《ほうれき》三年（一七五三）のことで、元服してまもない十八歳だった。今はここ市ケ谷《いちがや》の上屋敷《かみやしき》で用人手代《ようにんてだい》見習として経理や庶務に携わっているが、むろん、このまま軽輩で終わるつもりはない。

物心ついた頃から「悧発《りはつ》、聡《さと》い、目から鼻へ抜ける」と評され続け、頭の出来が周囲の者らとは違うことに自身で気づいたのも早かった。六歳になるやならずで掛算、割算の九九を習得していたし、漢籍も能《よ》くしてきたのだ。ただ、文人侍《ぶんじんざむらい》や町人のように、連を作ってまで学問に熱中する趣味はない。人と交われば、すぐに追従《ついしょう》や気遣いを求められる。それは性《しょう》に合わぬ。

己の頭脳、才はあくまでも、藩士としての勤めに用いるものだと小四郎は信じている。

席を立って上役の前に進んだ。羽織の裾《すそ》を払ってから膝《ひざ》を畳み、机の上に六冊をまとめて差し出す。

「お待たせいたしました」

机に頰杖《ほおづえ》をついていた上役は、鼻毛を抜いて「あたッ」と顔をしかめる。

「榊原、もうできたのか」

小四郎が「はい」と首肯《しゅこう》すると、上役は帳面の中を改めもせずに引き取った。

「そう急《せ》かずとも、ゆっくりで良かったのに」

上役は机の端に鼻毛を並べながら、「のう」と周囲に同意を求める。すると皆はわざわざ筆や算盤を持つ手を止めて、「ごもっとも」とばかりにうなずいた。

小四郎から見れば半日もかからぬであろう仕事に悠長に取り組んで、七日も費やす。しかも上役は小四郎が入れた朱の通りに清書して、そのまた上に提出するだけだ。

「おぬしのような仕事ぶりを続けたら、禿《は》げるぞ」

「恐れ入ります」

「若禿は嫁をもらいにくい。近頃の娘は男ぶりをとやこう申して、気儘《きまま》でのう。うちの娘なんぞ、見合いの前にこっそり相手を確かめておるのじゃ。妻《さい》が手を焼いておるわ」

上役はまだ喋《しゃべ》り続けているが、小四郎は適当に相槌《あいづち》を打ちながら聞き流す。

この上役は朝の五ツに出仕して、まず今日は暑いの寒いの、晴れているの雨もよいであるのと時候を云々《うんぬん》してから算盤を手にするのがお決まりだ。が、算盤の音が立て続けに聞こえてきた例《ためし》がない。長考に入った爺《じい》さんの将棋のように珠《たま》を入れる音がまばらで、そうこうするうちに弁当を遣う頃合いになる。飯と休憩だけは忘れないと見えて、半刻《はんとき》を庭沿いの広縁で過ごし、文机《ふづくえ》の前に戻ってからしばらく何かを読むふりをしながら居眠りをする。

用人手代は小四郎の上役の他に五人いるが、皆、似たようなものだ。小四郎だけがまだ二十歳前で、あとは三十代、四十代の働き盛り、のはずである。

「そろそろ八ツではないか。皆、退《ひ》け刻《どき》ぞ」

「おお、まこと、時の鐘が鳴ってござる」

退けの刻限になると、誰もが途端に生気を取り戻す。仕事はほとんど捗《はかど》っていないのに「さあて、さてさて」と手早く机の上を仕舞い、一斉に膝を立てるのだ。

「どうじゃ、つきあわぬか」

誰かが掌《てのひら》を丸めて口の前で呷《あお》るような手つきをする。彼らは仲間内の交際が何よりも大事だ。うっかりと遅刻をしてしまった場合など、互いにうまく庇《かば》い合うためである。

武家は代々、親の評価が子に受け継がれるので、つまらぬ失態で御咎《おとがめ》を受けぬように、そこはうまくやらねばならない。米価安《べいかやす》の諸式高《しょしきだか》、暮らしが苦しいと嘆きつつも、武士は己であくせく稼がずとも生きていける唯一の身分だ。その安逸《あんいつ》を今さら捨てられるわけもなく、ゆえに仲間内の結束だけは固い。

「いや、今日は河童《かっぱ》連じゃ」

「河童連、ああ、狂歌の集まりか。続くのう」

そう、その河童連で遊山《ゆさん》に行くとかで「欠勤したい」、「ならば患《わずら》いを理由にするが無難であろう」と口裏合わせをしていたことがあった。小四郎に聞こえぬように声を潜めるか、こっそりと切紙《きりがみ》を回すのである。次の日は大抵、誰かが急に休むので、こっちはぴかりと気がつく。

「其処許《そこもと》も入るなら推《お》すぞ。町人の多い連じゃが戯作《げさく》をやる者や絵師なんぞも混じっておっての、なかなか歯応えがある」

「いや、わしは畠《はたけ》の水やりをせねばならぬ。そうそう、茄子《なす》の生《な》りが殊《こと》の外《ほか》、良うてのう。後で家人《かじん》に持っていかせよう」

「それは有難い。国から味噌《みそ》が届いておったゆえ、晩酌に茄子と豆腐の田楽《でんがく》を誂《あつら》えさせようかの」

目尻と口の端を下げている。すると相手が、「もしや」と目の玉を動かした。

「その味噌、八丁か」

「要るか」

「要るに決まっておろう。赤味噌は江戸でも買えるが、なかなか値が張る」

武士たるものが嬉々《きき》として、茄子や味噌に頓着《とんじゃく》している。

定府の家中《かちゅう》は代々、世襲であり、小四郎の父、清之介のように在国の藩士が転勤を命じられるのは珍しいらしい。よっていずこの藩でも定府衆は粋《いき》な江戸侍を気取り、国表《くにおもて》の事情に疎《うと》くなる。ただ食い物だけは中元や歳暮で国の縁戚《えんせき》とやりとりがあるので、父祖の郷里の味に親しむのだ。

「生りと言えば、今年の御松茸《おまつたけ》は如何《いかが》であろう」

「このところ、不作続きであったものなあ。先年はとうとう、国から一本も送ってこずじまいであったわ」

「味噌と松茸だけは、国許の衆が羨《うらや》ましい」

「まこと。江戸藩邸でも御松茸狩を催してくれんかの」

そして上役はまた河童連の話に戻った。今度、料理屋を借り切って集まるのだが、どの店も味や座敷が良ければ値が嵩《かさ》み、予算にかなう店は窓から隣家の板壁しか見えぬと、ぼやいた。

あの緩《ゆる》さ、わざとか。

小四郎は付箋貼りに使った糊《のり》皿を手にして、庭の隅の水場に向かった。束子《たわし》を用いて皿を洗いながら、今に見ておれ、無駄飯喰いらめと肚《はら》の中で吐き捨てる。

俺はあんたらなど数年で牛蒡《ごぼう》抜《ぬ》きにして、人事に采配《さいはい》を振る立場に就《つ》く。無駄を一掃して、才のある者だけで家中《かちゅう》を立て直すのだ。

そして尾張の名誉を回復する。

胸の裡《うち》がりんりんと鳴るほどにその思いは強く、ゆえに小四郎は今は見て見ぬふり、聞いて聞かぬふりを通している。

尾張藩は御三家筆頭であるにもかかわらず、「葉のしなびた尾張大根よ」などと揶《や》揄《ゆ》されて久しいのだ。

――尾張は四十年前のあの事件から立ち直れぬまま、すっかり腑《ふ》抜《ぬ》けておる。

江戸はもちろん、他藩でも大抵、同じように見られていることだろう。参勤交代によって諸国の家中が噂《うわさ》を自国に持ち帰るから、広まってほしくない事柄ほど水のように走る。京や大坂、弘前《ひろさき》や薩摩《さつま》、そしてあの紀州ではいかなる嗤《わら》われようか。それを想像するだけで、いたたまれなくなる。

水桶を逆さにして井戸端に伏せた。ふと、何かが目の端に入った。赤茶色を帯びた、肥《こ》え太った毛虫が堂々と身をくねらせながら爪先に近づいてくる。総毛立った。

息せき切って部屋に戻ると、もう誰もいなかった。

小四郎は長大な藩邸の壁を見上げた。

役宅は他の定府衆と同様、藩邸の敷地の中に家を賜っているので、仕事場である上屋敷から住まいへはわざわざ外に出る必要もないのだが、このところ、三日とおかず客が訪れるのだ。昔からよく見知った面々だが、相手をするだけでどっぷりと疲れが増す。

勘弁してもらいたいなあ。ああ、面倒臭い。

気がつけば、足が外に向いていた。

ここ市ヶ谷の台地は江戸城外堀の西手に広がっており、尾張藩の上屋敷はこの台地すべてを専有するがごとき広大さである。梅雨明《つゆあ》けの陽射《ひざ》しが白壁に注ぎ、通りのすべてを底光りさせているかのようだ。

眩《まぶ》しくて、小四郎は時折、眉間《みけん》を寄せながら歩く。

かくも堂々たる、まるで城郭《じょうかく》かと見紛《みまが》うほどの屋敷を構えながら「大根」呼ばわりされねばならぬとはと、またも口惜しさがこみ上げる。

尾張藩が江戸でかくも不名誉な言いようを蒙《こうむ》るようになったのは、かれこれ四十年近く前の将軍跡目《あとめ》争いに端を発している。

正徳六年（一七一六）の四月晦日《みそか》、七代将軍家継《いえつぐ》公がわずか八歳で病没した。これは天下を揺るがす一大事であった。家康《いえやす》公より続いた直系の血筋がついに絶えたのである。ただ、さすがは権現《ごんげん》様だ。この事態を予測してか、跡目を襲うべき分家を用意していた。

それが尾張、紀伊《きい》、水戸《みと》の御三家だ。御三家は同時期に成ったわけではなく、兄弟の年長順に尾、紀、水が立てられた。つまり尾張徳川家は、御三家筆頭の惣領家《そうりょうけ》なのである。

そのため八代将軍の最有力候補は、尾張の徳川継友《つぐとも》公だという見方が多勢を占めていた。当時の水戸綱篠《つなえだ》公はすでに高齢であり、家の成立年から考えても三番目の分家であるので候補に推《お》す者は少なかったようだ。

そして紀伊徳川家は、国力の差で尾張の相手ではなかった。尾張徳川家の表高《おもてだか》は六十二万石であるものの、木曾《きそ》を始めとする五か国を領有し、東海道と中山道の二道を支配している。濃尾《のうび》平野は肥沃《ひよく》であり、木曾川、長良《ながら》川、揖斐《いび》川の三川から伊勢湾と三河湾をも抱いているため、当時の実収は百万石もあったようだ。一方、紀伊家は表高五十五万石、特産品は紀ノ川の鮎《あゆ》と蜜柑《みかん》、柿《かき》だけだ。両家の国力は大人と子供ほど差があった。

ところがいざ蓋《ふた》を開けてみれば、八代将軍の座に迎えられたのは紀州の吉宗《よしむね》公だったのだ。その理由は、権現様との血筋の近さであるとされた。吉宗公は権現様から三世代目の曾孫《ひまご》にあたり、尾張の継友公は四世代目になる。

が、そんな表向きの、もっともらしい理由は世間に通じない。紀伊は国を挙げて策を講じ、幕府重臣や大奥への工作を行なった。そして尾張はどうやら、家老から家臣に至るまでが呑気《のんき》に構え、ただ吉報を待っていたらしい。藩の政治手腕の差を世間はたちまち嗅《か》ぎ取り、見逃さなかった。

——惣領の筋目は今はおわり殿　紀伊国天下武運長久《ぶうんちょうきゅう》
——尾張にはのうなし猿が集まりて　見ざる聞かざる天下とらざる
そんな落首《らくしゅ》が飛び交い、御三家筆頭の権威は地に墜《お》ちた。天下に恥を晒《さら》したのだ。
そして尾張は「大根」と呼ばれるようになった。
——水戸に君あり　紀伊に臣あり　尾張に大根あり
——水戸はなし尾張大根葉はしなび　紀の国みかん鈴なりぞする
葉がしなびて旨くもない大根、それが我が藩の実情だ。
小四郎はしばし立ち止まって白壁を仰ぎ、大きく息を吐いた。
上役の家の前を通らずに済む道筋で戻ると、騒々しい笑い声が通りにはみ出している。
「ややや。おぬしら、いつのまに蕎麦《そば》を喰いに行ったがや」
「何を言う。誘うたに、おぬしが二日酔いでえらいわて、行かんかったがや」
「また、ごまかしとる。抜け駆けしたろう」
この粘っこい尾張弁。予測通り、あの三人がまた来ている。

戸口に入れた身を既《すん》でのところで止め、くるりと踵《きびす》を返した。が、襟首を摑《つか》まえるような声がした。

「小四郎殿、お帰りなさい」

継母の稲《いね》だ。客間に向かいかけていた身を返して式台の前で膝を畳み、「お帰りなさいませ」と手をつかえる。しかたなく頭を下げる。

「ただいま戻りました」

「早う、お入りなされませ」

瓶子《へいし》の何本かを盆にのせた女中を先に行かせ、稲は黒目の勝った目許《めもと》に力を入れて小四郎を見据える。

「皆様、お待ちかねですよ」

「はあ……」

「朋《とも》あり、遠方より来たり。亦《ま》た楽しからずや、ではありませぬか」

稲は論語の、さして珍しくもない一節を引いて、「ね」とばかりに笑みを浮かべた。

「お言葉を返すようですが、私の旧友ではありませぬが」

「亡き旦那様の旧友は、我が榊原家の旧友。しょせん、そなたは逃れられぬ図式です」

「はあ」

小四郎が仕方なく腰にたばさんだ大小を抜くと稲はきびきびとそれを受け取り、客間に向かった。自室で着替えている最中も、稲が座敷で客に酒肴《しゅこう》を勧め、それぞれの家族は息災か、近頃の名古屋城下の様子は如何《いかが》かと訊《たず》ねているのが聞こえてくる。いつもながらそつのないあしらいで、客は上機嫌だ。

稲は小四郎がまだ赤子の時分に亡くなった実母の妹で、小四郎は物心がつくまで稲を真《まこと》の母だと思っていた。要らざる他人口によって知るよりはと父の清之介から打ち明けられたのは、五歳の時だ。そうした方が良いと父を促したのは、どうやら稲自身であったらしい。

まことにもって、稲にはかなわないと思う。武家の家内にとって最も大事な交際と家政の切り回しに優れ、そして学問にも通じていた。

武家では男児を躾《しつ》け、教え導くのはもっぱら父親の役割だと知ったのは、小四郎が長じてからのことである。それほど稲は熱心に小四郎を学問に向かわせた。尾張家はそもそも初代藩主以来、学問文治《ぶんち》の家風である。そして稲は儒学者《じゅがくしゃ》の家の生まれで、おなごでありながら幼少より論語、算法にも親しんできたらしい。

稲は亡き姉の子を我が子として育て、自らは子を生《な》さなかった。それが小四郎への配慮であったのかどうかは知らない。

父、清之介は稲と小四郎が夜も灯《ひ》をともして学問にいそしむのを眺めながら、静かに酒を呑《の》んでいたものだ。いつも八ツ過ぎには判を捺《つ》くように帰宅したので、あの上役らとさほど変わらぬ勤めぶりであったのだろう。

清之介が熱心であったのは、家の様々についてだった。稲に頼まれれば大工のように金槌《かなづち》を持って棚を作り、下男のように庭を掃き、年の瀬には尻端折《しりはしょ》りをして餅《もち》を搗《つ》いた。

清之介と歳《とし》の離れた後妻、稲は、至って睦《むつ》まじい夫婦であった。幼い頃はそれが誇らしかったものだが、長じて尾張の実情を知るにつれ、小四郎は藩士としての父の生きように首を捻《ひね》るようになった。

細々《こまごま》とした、ささやかな日常にかかずらわって穏やかに満足げに笑っている父が、ただの腑抜けに見えた。

着替えを済ませて座敷に入ると、客の三人は車座になってもう酔っていた。

「やっと、小四郎がござった」

「今日も蒸すのぉ。江戸は暑うていかんわ」

「そろそろ、嫁取りをやりゃあ」

いっぺんに喋りかけてくる。身分に似合わざる騒々しさだ。

三谷勘兵衛《みたにかんべえ》に長井藤兵衛《ながいとうべえ》、そして伊藤伝兵衛《いとうでんべえ》。名に「べえ」のつく三人組は、家中で「三べえ」として知られている。

正面に坐る勘兵衛は頭の鉢がやけに大きく、瓢簞《ひょうたん》を逆さにしたような顔つきだ。物言いは三人の中では最も尋常なのだが、頭を持て余しているかのように左右に振りながら喋る。

右手に坐している藤兵衛は鼻筋の通った瓜実顔《うりざねがお》だが、酒が過ぎてか鼻の先が赤く、かえって抜け作に見える。

そして左手、猪首《いくび》の伝兵衛はずんぐりと手足が短く、顔は差金《さしがね》で計ったような立方《りっぽう》である。眉《まゆ》が太く目は大きく、しかも睫毛《まつげ》がやたらと長い。

「さ、お前《みゃ》ぁも一献。稲殿、小四郎に盃《さかずき》じゃ」

三べえがまた、口を揃《そろ》えて迫ってくる。

「はい、ただいま」

稲が膝を回し、女中に指図するのを慌てて止める。

「母上、私は結構です。明日までに筆写を仕上げたい書がありますので」

小四郎は「明日までに」に意を含めて伝えた。稲はほんの束の間《つかま》、小四郎を見返して、涼しい目許を和らげる。

「お間違いではありませぬか。明後日まででございましたでしょう、筆写は」

軽くいなしてきた。小四郎は負けじと片目をすがめ、訴える。

――勘弁してください。この三べえの酒につきおうたら、また御長屋《おながや》に帰りませぬよ。よろしいのですか。

すると稲は即座に打ち返してきた。

――そなたも往生際の悪いこと。このお三方は父上が榊原家に養子に入られる前からの幼馴染《おさななじ》み、定府の士となられてからも、それこそ終生、交誼《こうぎ》を絶やさなかった間柄ですよ。しかも当家とは皆、縁続きではありませぬか。これも当主の果たす役割、しっかとご相伴《しょうばん》なされませ。

何かと言うと、稲は「縁」を持ち出す。

勘兵衛は父の又従兄《はとこ》で、藤兵衛は稲の従妹《いとこ》の夫、そして伝兵衛も小四郎の大叔父が養子に入った家の主《あるじ》なのだ。これを世間では遠縁と言うのだろうが、稲は今もごく近しいつきあいを続けている。

が、小四郎にとっては上役以上に厄介な親爺《おやじ》どもだ。

亡き父の幼馴染み、かつ縁続きという二重の負荷でもって、三べえは小四郎を若輩《じゃくはい》扱いし、顎《あご》でこき使うのである。三人とも国許の藩士なのだが、今年は参勤交代の藩主、宗勝《むねかつ》公に従って江戸詰《づめ》になっているのだ。一年の間は敷地内の御長屋に暮らし、藩邸に出仕するのである。といっても御城代組同心《ごじょうだいくみどうしん》であるので、二十四名の同心が三人で一班を組み、九日目ごとに上屋敷の宿直《とのい》をする。つまり月に三度しか出仕しなくてもよい楽勤めで、非番の日には江戸市中の方々を出歩いて遊び呆《ほう》けているのだ。

瓢箪の勘兵衛、赤鼻の藤兵衛、猪首の伝兵衛と順に酌をするたび、三人が三人ともこっちの盃に注いでくる。

「ほれ、ぐっと干さんか」

他人《ひと》んちの酒なのに、己の奢《おご》りのように瓢箪の勘兵衛が勧めてくる。

「不調法なものですから、ゆるりといただきます」

本当は酒などいくらでも呑める。逆に、この御仁《ごじん》らのように呑んでは吐くことが信じられない。だったら天から呑まねばよいものを、三べえは揃って大飯喰らいのうえ酒呑みで、しじゅう吐いては烏賊《いか》のように足腰が立たなくなる。そのつど小四郎に遣いが来て介抱をさせられるのだ。

御長屋は藩邸の周囲を城壁のようにぐるりと巡らせて建ててあるので、そう、ついさっき眩しいほど白く光っていた白壁はその御長屋の壁であるのだが、その二階から小四郎の家や縁側、庭の様子までが丸見えであるらしい。ゆえに、うかうかと居留守も使えない。

「不調法だと。嘘《うそ》を申せ。清之介はどえりゃあ呑んだぞ。そなたが呑めぬわけがなかろうも」

藤兵衛は苦み走った顔つきで二枚目気取りだが、残念ながら鼻が赤い。

「のう、稲殿」

稲はゆるりと構えて微笑を返し、団扇《うちわ》で風を送る。

猪首の伝兵衛は、もう目が据わっている。

「小四郎、盃を空けぬか。ほんに、お前ぁは幾つになっても、とろくせぇ」

「やや、そうよ、その呑みっぷり。清之介を思い出すのう」

「……頂戴《ちょうだい》します」

と言いざま、ぐすっと洟《はな》を啜《すす》った。

定府衆とはほとんど交際のなかった父が、何ゆえ国許の三べえと親しくつきあい続けたのか。幼馴染みも兄弟もない小四郎には、まったく不可解である。昨年、父の葬儀にわざわざ尾張から駆けつけた三べえは身も世もなく泣き崩れ、弔問《ちょうもん》客が呆《あき》れて目配せし合うほどだったのだ。

「小四郎、明日は非番であろう。いずこに参る」

何にでも耳の早い勘兵衛は、小四郎の休みも把握している。

「はて、いずこと申しますと」

厭《いや》な予感がした。涙ぐんでいたはずの伝兵衛がいきなり歯を見せ、小四郎の膝をばしりと打った。

「またまた、とぼけおって。一緒にお出かけするに決まっとるだわ」

「一緒に……いえ、じつは、あいにく明日は所用がございまして、お伴はできかねまする」

「所用たぁ、何じゃ」

　三べえが口を揃えて訊《き》き返してきた。

「目を通して返さねばならぬ書が山積《さんせき》しております」

　小四郎は毎朝夕と非番の日は丸一日を費やして、学問に取り組んでいた。政経の書は高価なので稲の兄を通じて拝借し、筆写してから返すのである。古今の先達《せんだつ》の文章を書き写しながら、いつも己なりの論を立てる修練をしていた。

　その有用たる時間を、三べえの物見遊山《ものみゆさん》なんぞに奪われてたまるものか。

「なあに、そんなもの、明日の夜にちゃちゃっとできよう」

「行こまい、行こまい」

「遠慮は要らんがや」

　瓢簞と赤鼻、猪首が順に畳みかけてくる。面と向かって逆らうわけにはいかず、思わず稲を見た。稲は団扇を持つ手を止め、膝の脇《わき》にそれをきちんと置く。

「小四郎殿、お伴をさせていただきなさい。近々、お三方は尾張に帰られるゆえ、国許へのお土産を調《ととの》えられねばなりませぬ」

　妙なことを口にした。江戸詰の勤めはまだ半年は残っているはずだ。

「お人減らしになったもんだで」

瓢箪の勘兵衛が己で酌をして、事もなげに口にした。

「お人減らしですか。三谷殿が」

「わしらもじゃ。三日の後に出立《しゅったつ》いたすでの」

藤兵衛と伝兵衛も、恥ずかしげもなく口を揃える。

「お人減らし」とは勤番侍を藩主より先に国許に帰すことで、在府中の掛かりを節減するための方策である。何せ、員数が余っている。果たすべき仕事よりも遥かに人の数の方が多いのだ。にもかかわらず勤番には特別の手当てを出さねばならないので、格別の御役に就いていない者を国に帰してしまうのである。

ふむ、なるほど、我が藩もやればできるではないか。

小四郎は神妙な面持《おもも》ちを作りながら、重臣《じゅうしん》の裁断を見直すような思いになった。

諸式高騰の折柄《おりから》、他藩でお人減らしが行なわれていることは耳にしたが、自藩では初めてではないだろうか。

そう、取り立てて有能でない者を江戸で遊ばせておくほど無駄なことはない。

尾張藩は前の七代藩主、宗春《むねはる》公の放漫政治がいまだに祟《たた》っていて、藩政は赤字に喘《あえ》ぎ続けている。名古屋城下の商人らからの借金を返すのも難儀しているというのに、勤番侍は女房の目がない一年間、好き放題に羽を伸ばすのだ。金子《きんす》をどうやりくりしているものやら、三べえも両国《りょうごく》の寄席や歌舞伎《かぶき》芝居の三座、そして品川の悪所通いにもうつつを抜かしているらしい。おそらくその行状が、上役の耳に入ったのだろう。三人が揃って国許に帰される。となれば、俺はこの三べえから放免されるわけだ。

小四郎は珍しくめでたい気分になって、頭を下げた。

「明日、喜んでお供つかまつりまする」

小さなびいどろ玉の中で、緋赤《ひあか》の尾鰭《おびれ》が忙《せわ》しなく動いている。夏の陽射しが水を揺らして、時折、ちらちらと金赤《きんあか》の光を散らす。

ところがその金魚玉を持って江戸の市中をぶらついているのは町娘ではなく、三人の親爺連中だ。

朝早くから市ケ谷を出て深川で遊び、浅草寺《せんそうじ》に戻って参詣《さんけい》、それから日本橋に出て家の者や近所への土産を買い集めるのに余念がない。目利きを自認しているらしき三べえは界隈《かいわい》を舐《な》めるように歩き、小間物《こまもの》屋の店先でおなごのように品選びをする。

「妻女への土産はこの日傘でええの」

赤鼻の藤兵衛が品物を決めると、猪首の伝兵衛がそれを覗《のぞ》き込んだ。

「わしもそれにするがや。お揃いで」

「そなたの娘に、これか」

「や、具合が悪いがか」

「伝兵衛が娘は色黒であろう。かように濃い色の日傘では顔が影になるでの。ますます黒う見えようも」

と、瓢簞の勘兵衛が二人を振り向いた。

「見よ、この半襟の刺繡《ししゅう》のどえりゃあこと」

「京物ではないか。さすがは江戸じゃ。のう、伝兵衛」

「ほんに。諸国の名品が何でも揃うとるがや」

よほど江戸が好きなのか、それとも名残り惜しいのか、三人は金魚玉を振り回すようにしてはしゃいだ。子供みたいに仰向《あおむ》いて笑い、金魚玉が三つ揃ってぶらぶらする。

さような物まで買って、尾張までどうやって持って帰るつもりなんだ。

お人減らしの憂き目に遭って自棄《やけ》になっているのか、それともまるでこたえていないのだろうか。

商家の小僧がすれ違いざまにちらりと目を這《は》わせてきた。「浅葱裏《あさぎうら》の物見遊山だ」と嘲笑《ちょうしょう》されているに違いないと、小四郎はわざと歩みを緩めて三人から距離を置く。

参勤交代で江戸に詰めた諸国藩士の多くが浅葱木綿の裏地の羽織をつけていることから、絹を見慣れた江戸の庶民は「浅葱裏」と呼んで馬鹿にしているのである。

尾張藩士がそんな貧乏たらしい者らと一緒にされるとは忸怩《じくじ》たる思いであるものの、いかんせん、振舞いが子供じみているのだから仕方がない。

同じ一行だと思われては、大迷惑。

小四郎は三べえの影を、ちょうど頭のところを一つ、二つ、三つと踏んで歩く。

ちらと瓢簞頭がこっちを振り返ったが、ええい、構うものか。この御仁《ごじん》らに睨《にら》まれても痛くも痒《かゆ》くもない。藩政を司る家老や奉行、いや、せめて殿のお側《そば》近くに仕える近習《きんじゅ》ででもあれば先行きの引きにもなろうが、三べえは百石取りの軽輩揃い、小四郎の出世を左右する力など寸分も持たないのである。

そろそろ夕暮れだというのに「隅田川で舟遊びをしたことがない」だの、「神田明神《かんだみょうじん》にも参るがや」「なら、湯島にも」と、どこまでも歩きたがる。小四郎はこれも最後だと、溜息《ためいき》を呑み込んだ。

「再来年《さらいねん》、お三方が江戸詰を命じられるかどうか、わかりませせぬよ。ご子息や娘婿殿に家督を譲って、隠居されても不思議のないお歳になっておられます。最後の御奉公だと思って、気持ちようお供をしておいでなさい」

昨夜、稲にそう諭されたのだ。慎ましい暮らしの中でどう算段したものか、夕餉《ゆうげ》のための金子まで渡された。隅田川沿いの名代の店で鰻《うなぎ》を振舞うと、三べえはまた底なしに喰い、したたかに酔った。


帰り道は千鳥足で、それでも方々を覗きながら歩く。

「小四郎、早う。ほんに、お前ぁはとろとろと」

勘兵衛が頭を左右に振りながら手招きをした。渋々、追いついたが、藤兵衛と伝兵衛の姿が見えない。

「お二人は」

「ありゃ、わしらのこと、忘れとらせんわなあ、まさか」

勘兵衛より頭一つ背の高い小四郎は、眉の上に掌をかざした。

「ああ、おられます。あの鳥居の中に」

神社の境内《けいだい》には人だかりがあって、藤兵衛と伝兵衛が腕を組んで見物している。

「おお、あやつりだわ」

流れ者の芸人が人形を使った浄瑠璃《じょうるり》芝居をやっているらしい。

「懐かしいのう。昔は名古屋の城下でもようこれを観たもんだわ。かような俄《にわ》か仕立てやのうて、金銀刺繡の幕を張り巡らせた、どえりゃあ芝居小屋での。尾張の者は皆、芸事《げいごと》に目と耳が肥えとるゆえ、役者もそれは気張って務めたものよ。そなたの父も芝居に目がなかった」

「父上が、ですか」

「おうよ。清之介は鼓《つづみ》の名手でもあったろう」

訊ねられたが、答えようがなかった。歌舞音曲に親しむ姿など目にしたことがなかったからだ。父は書見台の前に坐って何かを読むことも滅多になく、家の用がない折は縁側で昼寝をしていた。

無口で無風流で、覇気《はき》のない男。

それが小四郎の憶えている父である。

勘兵衛はそのまま前のめりになって藤兵衛と伝兵衛の背後に近づき、見物を決め込んだ。小四郎も渋々とつき合う。

榊原家の前に辿《たど》り着いた時は、もうとっぷりと暮れていた。

「これ、稲殿への土産じゃ。みやげ」

月明かりの下で、藤兵衛が金魚玉をすいと差し出した。

「お前ぁはいつも抜け駆けじゃ。わしこそ土産と思うておったに」

勘兵衛が頭を左右に振りながら憤慨すると、伝兵衛はぐいと短い足を前に踏み出す。

「ややや。最初に金魚玉を見つけたのは、わしだがや」

酔いにまかせて揉《も》めている。

「三つとも頂戴します。母上も歓《よろこ》びましょう」

やっと放免される安堵《あんど》も手伝って、小四郎は調子を合わせてやった。金魚玉を押し頂くと、三人はいっぺんに破顔する。

「さようか、うん、それが良かろうも」

「世話んなったの、小四郎」

「見送りは要らぬからの。また会おう、また」

見送りするつもりなど端《はな》からなかったが、小四郎は神妙な面持ちで辞儀をした。頭を上げても、しばし三人の後ろ姿を見守る。

肩を組んで、口三味線をつまびきながら、右に左によろめきながら歩いている。宿舎である御長屋は目と鼻の先だ。

やれやれ。これで最後の御奉公を果たしたと、小四郎は踵《きびす》を返した。

「や、ややや、やっ」

濁声《だみごえ》が静かな邸内に響いて、振り向いた。買い込んだ土産包みを伝兵衛が一気に手から離したらしく、土の上に落ちて何かが転がる気配がした。

ああ、どうしてこうも尾を引くかなあ。

うんざりしながらも伝兵衛が「ややや」を連発しているので、放っても置けない。駆け寄ると、羽織の裾をめくるようにして己の腰や尻を触っている。背後を何度も振り返るので、力尽きる前の独楽《こま》のように斜めに旋回している。

「おぬし、今宵《こよい》は妙な酔い方しとるわ」

「目を回すと吐くぞ、吐く吐く」

二人がからかうと、伝兵衛が悲痛な声を出した。

「な、ない。ないがや」

「これは、したり、したり。巾着《きんちゃく》でも掏《す》られてまったか」と、藤兵衛が笑う。

「どうせ、中身は大して残っとらんだろう。置土産じゃと思うて、江戸の掏摸《すり》にくれてやりゃあええが」

勘兵衛も呑気《のんき》な笑い声を立てた。それでも伝兵衛はまだあたふたと短い首をひねり、己の尻を叩《たた》いている。

小四郎は伝兵衛の正面に回ってみた。爪先から頭まで、そしてまた頭から下へと目を下ろしてみる。夜空に星月はあるものの、御長屋の建物の影でどうにもよく見えない。だが何かが妙な気がして首を傾《かし》げた。

「こちらへ」

我知らず、声が上ずった。もはや伝兵衛は呆《ほう》けたように立ち尽くしている。小四郎はそのずんぐりとした肩を両手でひっ摑んで、月明かりの下に立たせた。

背後の二人から、ぐうと呻《うめ》き声が洩《も》れる。小四郎も総身から血の気が引いた。

伝兵衛の左腰にあるはずの、脇差《わきざし》の柄《つか》と鍔《つば》がないのである。鞘《さや》だけが腰にぶら下がって揺れている。

「おぬし、腰の物はいかがした。おぬし」

訊ねる藤兵衛の声が震えている。

「消えておるぅ……」

「たわけぇぇ」

勘兵衛が両手を振り上げて叫んだ。

「刀身だけ盗まれるとは武士にあるまじき失態、不届千万《ふとどきせんばん》。い、いや、許しがたき珍事、頓事《とんじ》ぞっ」

頓事なんて言葉、あったかなあ。

激昂《げっこう》のあまり咽喉《のど》を嗄《か》らしながら叱責《しっせき》を続ける御家老の言葉間違いに気づいたが、むろん上役の帳面に付箋を貼るような正し方ができるわけもなく、小四郎は低頭を続ける。譴責《けんせき》がかれこれ一刻《いっとき》も続いているのだ。家格でいえば三べえは小四郎よりも下にあたるので、三人とも小四郎の背後に控えている。

それにしても、えらい巻き添えを喰ったものだと、内心でまた舌打ちをした。三べえの付き添いをしていただけで連座させられているのだ。上座には御家老を中心として、ずらりと重臣方が居並んでいる。

「そもそも。近頃の勤番者の怠慢は甚《はなは》だしい……」

これも微妙に正しくない言《げん》だ。怠慢は勤番侍に限ったことではない。俺の上役など、暇潰《ひまつぶ》しに出仕しているようなものではないか。いや、いっそ何もしてくれない方がよほど仕事は捗《はかど》る。不出来のくせに成果らしき物は整えたいから、厄介なのだ。

「此度《こたび》の儀はもってのほか……士道不覚悟であるからして……」

猪首の伝兵衛はいったいいかなる御沙汰《おさた》を受けることになるのだろうと、小四郎は考えを再びそこに戻した。

侍が脇差を盗まれるなど、本来なら切腹を申し付けられる大落度《だいおちど》だ。

その昔、参勤交代で江戸に向かっていた他藩の侍が道中で刀を落としてしまい、そのまま出奔《しゅっぽん》した事件があったと耳にしたことがある。かれこれ百年近い前の話らしいが、今はご時世が異なる。

俺が家老の立場だったら、どうするだろう。

小四郎はそんな思考の癖がついている。榊原家は家老になれる筋目の家ではないが、まるで目がないとも言い切れない。父は江戸詰になる前、前の藩主の御小姓《おこしょう》に取り立てられた身である。それを父自身が口にすることはなく、小四郎は元服の際に稲の兄からそれを聞かされた。

以来、小四郎はいずれ己にも抜擢《ばってき》があると固く信じている。

あんな凡庸な父にも運があったのだ。その運を活かし切る才は持ち合わせなかったようだが、俺は違う。いずれ、藩政が俺を必要とする日が必ず来る、そのためにいつも政《まつりごと》を司《つかさど》る立場でもって自分なりの裁断《さいだん》を下してみるように心がけている。

ここはまず、藩の面目を考えるが順当だろう。「切腹」の沙汰とすればかえって諸国の、そして江戸雀《すずめ》の耳目を集めてしまう。なにせ理由が理由なのだ。国許への土産を物色しているうちに脇差を盗まれた、どうやら神社の境内であやつり浄瑠璃を見物している最中に抜き取られたらしいなど、格好のお笑い種《ぐさ》だ。あんな二尺近い物をどうやって盗《と》られたものか、まるで目の前で見ていたかのように面白おかしく味つけされ、噂は数日で四方八方に広がるだろう。

これ以上、我が藩の不名誉を上塗りするわけにはいかぬ。となれば、ここは「阿呆《あほう》払《ばら》い」を申し付けるか。それは大小の刀を取り上げて藩邸から追い払うという、追放の中でも最も厳しい処分だ。藩士としてだけでなく武士身分も剝奪《はくだつ》されるが、あの太鼓腹を自らかっ割かねばならぬ仕儀を思えば何ほどのこともない。まして奪われるべき刀そのものを、伝兵衛は己で失《な》くしている。

「よって、伊藤伝兵衛」

さて、ご裁断はいかにと、小四郎は息を詰めた。

「不念《ふねん》の儀によって、切腹を申し付ける」

背後の三べえが揃って、がっくりと肩を落とす音が聞こえたような気がした。

「不念」とは武士たる者の不注意を指しており、「不敬」と同様、処罰の対象になる重大な罪だ。将軍の行列に際し、たった一人がついうっかり辞儀の仕方を間違えただけで藩の外聞は著しく損なわれる。泰平の世にある武士にとって、微に入り細を穿《うが》って定められた作法を順守することが最大の勤めと言っていい。

しかしまさかかほどに厳しい沙汰が下されようとはと、小四郎は我知らず動揺した。きつく目を閉じ、しばらくしてまた薄く開いた。と、畳の目の上を緑色の虫が歩いている。背中の縦縞がぎらついているので、これが玉虫と呼ばれる輩《やから》かもしれない。

しっ、あっちに行けっ、こっちに来るな。

子供の頃から小四郎は虫が大の苦手だ。足の折れ曲がり具合やびっしりと生えた毛を見るだけで、怖気《おぞけ》を震う。

「……べきところ、その方の祖父は晃禅院《こうぜんいん》様の御納戸役《おなんどやく》を拝命し、忠義厚き勤めぶりであった。その忠勤を鑑《かんが》みよと、殿の格別の思召《おぼしめ》しである。よって禄を八十石に減じ、五十日の逼塞《ひっそく》を申し付ける」

今、何と。

我が耳を疑った。逼塞は門を閉ざし、昼間の出入りを禁じられる罰だ。切腹を免れたのは有難いが、減俸と逼塞で済むとはいくら何でも処分が軽すぎないか。

三べえが一斉に「ふへェェ」と、幅の広い息を吐いた。

晃禅院様とは六代藩主、継友公で、つまり将軍になりそこねた張本人、前の前の藩主である。

なるほど、その忠臣であった伝兵衛の祖父の功績が孫の命を拾ったわけだ。武家では主従の間柄を代々、結び続けていくゆえ、こうして父祖の功が後々にまで影響する。となれば、伝兵衛の子孫はこれからさぞ苦労だろう。父祖のしくじりもまた、代々受け継いでいかねばならないからだ。

いや、それでもやはり我が藩は身内に甘すぎる。ゆえに無能な士が増え続けるのだ。

それとも御公儀を憚《はばか》っての深慮であろうかと、小四郎は考え直す。

近頃、将軍の御膝元で血を流すような処罰を諸藩に控えさせる傾向があるのだ。武を重んじて鷹狩《たかがり》を好んだ八代将軍、吉宗公は三年前、寛延四年（一七五一）に薨去《こうきょ》した。以降、武士は武官ではなく文官としての職務がより重んじられるようになっている。

さだめし、「処罰は国許の田舎でせよ、御膝元を軽輩の血で汚すな」が、御公儀の本音なのだろう。

「三谷勘兵衛、及び長井藤兵衛」

「はッ」

「その方らも同道しながら伊藤の不念を防げなんだとは、同様に不行跡《ふぎょうせき》、甚だ宜《よろ》しからず。三十日の逼塞を申し付ける」

やはり、勘兵衛と藤兵衛も処分されるか。何せ、頓狂な「三べえ」の通り名は藩主、宗勝公までご存知という噂だ。有名な仲良し三人組が一緒に処分を受けても、いたしかたあるまい。とにもかくにも最悪の事態は免れた。良しとすべきだ。

「以上ッ」

小四郎は再び低頭した。家老らが部屋から退出するのを平伏したまま待つ。が、一向に席を立つ気配がない。

「者ども、退《さ》がってよし」

指示が出て、小四郎は膝で退《すさ》った。背後でも同様に袴《はかま》が擦れる音がする。

「榊原」

やにわに呼ばれた。「は」と身を向き直す。

「その方は残れ」

「はッ」

もしや俺にまでお鉢が回ってくるのだろうかと小四郎は素早く家老の面《おもて》に目を走らせたが、眉間に寄った両眉は緩く開いている。

「案ずるな。伝兵衛の失態とは別件じゃ」

ほっと胸を撫《な》で下ろす。三べえが広縁伝いに退出するのを見届けたのか、やや時を置いてから家老が口を開いた。

「榊原小四郎」

「は」

「その方が俊才は藩邸内でも評判、上々である。若き藩士にかような逸材を得ようとは、殿も殊の外、お歓びじゃ」

重々しい口調だ。

「有難き仕合わせに存じ入りまする」

こんなことってあるだろうか。いつか這い上がってみせると心に決めていたが、小四郎は用人手代見習となってまだ一年だ。こんな若輩の名が殿のお耳にまで届いているなど、思いも寄らなかった。いや、さすが、英邁《えいまい》との噂が高い殿だけのことはある。

「よって、その方に格別の任務を与える。謹んで御奉公に励むが良い」

ひょっとして、この才知を活かして手代頭《がしら》に抜擢か。いや、算法に優れたる力を活かして勘定方《かんじょうがた》かもしれぬ。ああ、そうだ、何十年も漫然と取り組んできた藩政の立て直しを、その突破口を殿はこの俺に見出《みいだ》されたに違いない。

小四郎、さあ、腕を揮《ふる》え。

宗勝公の声が胸の裡で轟《とどろ》いた。武者震いする。

「榊原小四郎、御松茸同心《おまつたけどうしん》を命ずる」

「は」

思わず顔を上げた。

「御松茸で、ござりまするか……」

家老の傍《そば》に控えていた重臣が、目の端を尖《とが》らせた。

「聞こえなんだか、御松茸同心じゃ。この数年、領内の御林《おはやし》に生《お》う御松茸が不作続きでの。大難渋《だいなんじゅう》しておる。かつては七千本はゆうに採《と》れたというにこの十年は減る一方、一昨年、昨年は往時の半数に満たぬ不作じゃ。そちも承知しておろうが、御松茸は大樹《たいじゅ》様並びに大奥、諸藩への進物や返礼品として欠かせぬ、我が藩の特産品ぞ。ところが近頃は御松茸を献上する他藩が増えておる。尾張の名に懸けてここは譲れぬゆえ、良品はまず上納に回しておるのだ」

すると、別の重臣が眉間をしわめた。

「さても、それよ。大きな声では言えぬが、上納で品物が払底《ふってい》いたし、殿や御簾中《ごれんじゅう》様の御膳《ごぜん》に上げる御松茸がさほど手許に残らぬという、由々しき年があった」

「量が揃うても肝心の味が著しく劣る年もあったのう。殿の御膳に差し上げても一口、召し上がるなり後は黙って残されたゆえ、賄方《まかないかた》は泣く泣く干松茸を料《りょう》ったそうな」

「殿が御国入りの節は御松茸狩を何よりの御慰みとされておられるというに、来年は如何、相成ることか、いやはや難儀極まりない」

家老と重臣らが深刻な面持ちであれこれと言い立てるが、まるで耳に入ってこない。

同心は足軽身分の軽輩だ。そんな馬鹿な、まるで左遷《させん》じゃないか。

「榊原、国表の御林奉行の配下に就きて、御松茸の不作を何とか致せ」

そういえば、あの無能な上役どもが不作だとかいう話を口にしていたような気がする。

何とか致せと命じられても、松茸のことなどさっぱりわからない。松茸って松の実か、それとも読んで字のごとく茸《きのこ》の仲間なのか。

「見目、風味極上たる御松茸を、他藩より一本でも多う取り揃えよ。それが御松茸同心の任務じゃ」

「お、畏れながら、お訊ね申します」

「許す」

「何年の任務でございますか」

「三年じゃ」

三年も江戸に帰れない。ああ、これはやっぱり左遷だ。

いったい俺が何をした。

「急ぎ、出立致せ。ちょうどあの三べえどもが尾張に帰る手筈《てはず》であったよの。同道して目配りせよ。これも藩命ぞ」

伝兵衛の脇差の一件、やはりその処罰が俺にも回ってきたのだ。

そうとわかると、怒りで拳《こぶし》が震えた。思わず膝を前に進めかけて、小四郎は「いや、待て」と背筋を立てる。

落ち着け、かような時にこそ怜悧《れいり》に考えを巡らせろ。

ここで不承不服《ふしょうふふく》を申し立てたら、どうなる。

本来、上役の言いつけに対する異論は、それが理にかなっておらずとも二度までは上役を立てて従うのが作法だ。それでもなお理不尽な命を下された場合は、直の上役を越えてその上に申し出ることができる。上はその道理次第を諮《はか》って裁可する。

が、目の前の相手は御家老で、その上には藩主である殿のみしかいない。

となれば、ここで何をどう抗弁しても立場を弁えぬ暴言として「過言《かごん》」の咎めを受けるだろう。

そして俺の将来はその後、間違いなく鎖《とざ》される。

「尾張の御松茸は、そちの肩にかかっておる。励め」

小四郎は悄然《しょうぜん》として、平伏《へいふく》した。

目の前をまた、玉虫が横切っている。誰かが扇子の先で、難なく払い飛ばした。

第二章

まだ十九であるのに、運の尽き。

金谷宿《かなやしゅく》の茶店で、小四郎はまたぼんやりと呟《つぶや》いた。

「御松茸同心とは、これはまた重責を担わされたものよのう」

上役の餞《はなむけ》の言葉が引っ掛かって、尾張へ向かう道中、度々《たびたび》、反芻《はんすう》してしまうのだ。

「三べえであればともかく、狷介不屈《けんかいふくつ》で知られる榊原のことだ。松茸を作るなど、わけもない仕事であろうよ」

皆、筆を持ったまま、笑いを噛《か》み殺していた。

「ところで、松茸はどうやって作るのだ」

上役が誰ともなしに訊《たず》ねると、「はて」と受ける者がいる。

「某《それがし》は役宅の畠《はたけ》で土いじりを手遊《てすさ》びとしておりますが、あれは山の菜《さい》にござりましよう。とんと見当がつきませぬ」

「いやあ、江戸で生まれ育った我々には御林の役人など、とても務まらぬよ。榊原、足腰は丈夫か。山仕事は頭が良いだけでは間に合わぬぞ」

そして口を歪《ゆが》め、笑いを漏らすのである。

「それにしても、御松茸、とは、のう」

何度も「御松茸」を繰り返すな。

「そもそも、御松茸の豊作不作は神仏に祈るのみと耳にしたことがござりまするぞ。人がどうこう、できるものでもないそうな」

「榊原もとんだ御役を賜ったもの。……御松茸が採れねば、馘《くび》ってか」

上役が剽《ひょう》げると、部屋の中が無遠慮な笑声で沸いた。

小四郎は生来、穏和な性質《たち》だと周囲に言われてきたが、このところ、度々、人を殴りたくなる。三べえが蔑《さげす》まれるのは身から出た錆《さび》だ、どうとでも言えばよい。しかし俺にいったい何の落度があった。側杖《そばづえ》を喰っただけだぞ。

一緒にするな。そう叫んでこやつらの胸座《むなぐら》を摑《つか》み上げたい、拳を浴びせてやりたいという気持ちを吞《の》み込んでから、小四郎は口を開いた。最後に一言くらい返さねば、どうにも腹の虫がおさまらぬ。

「向後《こうご》は帳面のお間違いに付箋《ふせん》をお貼りできませぬ。ご不便をお掛け申しますが、早晩、必ずこの江戸藩邸に戻って参りますゆえ、しばしご容赦を願います」

上役は一瞬、不思議そうに眉《まゆ》を上げ、「何を仔細《しさい》らしき」と真顔になった。

「おぬし一人がおらんでも、ここは我らだけでちゃんと回せる。おぬしが来る前に戻るだけのこと。何の痛痒《つうよう》もないわ」

そして目の奥を光らせたのだ。

「あの三べえとかかわりを持ったが、おぬしの運の尽きじゃ。観念したが身の為《ため》、皆の為」

江戸を出立して後、ふとした拍子にあの目を思い出しては厭《いや》な気になって、だがそれだけではないような臭いがした。

小四郎は「そうか」と、手にしていた湯呑を床几《しょうぎ》の上に置いた。

もしかしたら、あの上役が俺の左遷にかかわっていたのではないか。そうだ、俺があまりに出来物《できぶつ》ゆえ、妬心《としん》を起こした。きっとそうだ。三べえの失態を利用して、御松茸同心に俺を推挙したに違いない。

「伝兵衛、それはわしの団子だわ。おぬしの皿はもう空《から》になっとろうが」

勘兵衛がまたも瓢箪のごとき頭を振った。

「堅いことを言うなぁ。ほれ、返すでね」

「喰いかけなんぞ要らぬわい。たわけぇ」

団子を巡って言い争いをしている。端に坐る藤兵衛は茶汲《く》み女に何やら耳打ちをして、「いやですよぉ、お侍様。あたしゃもう、四人の子持ちですよぉ」と、背中を叩《たた》かれている。

「それはお見それした。いやいや、女っぷりが良いとは罪よのう」

おなごと見れば見境なしに話しかけて、目尻を下げる。化粧が濃いだけの田舎年増《どしま》に見え透いた世辞をよくも平気で口にするものだと、小四郎は嘆息《たんそく》した。

こんな親爺らのために、俺は行末を奪われたのか。あんまりだ。

「や、小四郎、喰わぬがか、その団子」

伝兵衛が猪首を傾げ、長い睫毛をぱちぱちさせている。小四郎は黙って皿を差し出す。

「若いくせに食が細うて、いかんわ」

と、言いつつ勘兵衛に皿を回す。

「ん。この年頃の時分は、喰うても喰うても足りんかったがのう。餅《もち》など、十や二十は当たり前に行っとったで」

皿は藤兵衛の尻の横に置かれた。藤兵衛は最後の串を手にしつつ、赤鼻の下を指でこする。

「わしはもう甘い物に飽いてまった。辛いのをそろそろ、行こまい」

三人は一斉に、こっちを見た。

「なりませぬ。道中、酒は控えていただくと申し上げたはず」

言下にはねつけた。

まったく、何ゆえこうも厚顔でいられる。下手をすれば腹を切らねばならぬ不行跡を働いておきながら、三べえには懲《こ》りた様子がまるで見られないのだ。さすがに御長屋を出るまでは神妙にしていたが、東海道を三里も歩かぬうちに肩肘《かたひじ》を緩め、品川宿ではもう辺りを構わず尾張訛《なま》りで騒いでいた。

江戸詰の藩士は決して、たとえ上屋敷の中でもこの尾張弁を使わない。その昔は尾張言葉こそが武士言葉であり、江戸城の旗本も尾張言葉が喋《しゃべ》れぬと出世できないものであったそうだ。が、将軍の跡目争いに負けてからというもの、尾張の藩士は懸命に訛りを克服し、口の中でもぐっと咀嚼《そしゃく》してから喋るようになった。

小四郎はその風潮に忸怩《じくじ》たる思いを抱くものの、やはり三べえの辺りを憚《はばか》らぬ物言いを耳にすると苛々《いらいら》してくる。この三人の同道はもちろん、本当は顔を見るのも厭《いや》だ。

伝兵衛の脇差の刀身は、その後も所在が不明のままだった。それで良い。尾張藩としては、むしろ永遠に出てきてもらっては困る。万一、失《う》せ物として番屋に届けられでもしたら、それこそ大問題だ。

小四郎はいつものように、家老の立場になって考えを巡らせる。もし市ヶ谷の藩邸に問い合わせが来たならば、いかがするか。

——刀身の落とし物がござったそうな。ご家中のどなたかに、心当たりはござらぬか。

俺なら、配下の者にこう指図する。

——知らぬ存ぜぬと、白《しら》を切り通せ。いかなる噂が市中を巡っておろうと、断じて認めてはならぬ。

「小四郎、物想いが過ぎとるぞ」

「ほんに無風流者《むふうりゅうもの》は煎《せん》じ詰めるで、いかんわ」

「長い人生、三年などあっという間じゃ。父の故郷に入る、ええきっかけをもろうたがや」

三人は何かにつけて小四郎を無風流者呼ばわりして、父の清之介を引き合いに出す。

「清之介は、まことにええ男だったわ。幼い頃から悧発であったゆえ榊原の家に養子に迎えられたが、家格を微塵《みじん》も鼻にかけんと親しゅうしてくれてのう。舞や三味線、鼓を披露してくれた」

勘兵衛がしんみりと、遠い目をする。

「わしも。出世頭の清ちゃんが自慢だったがや。ずっと」

伝兵衛がまた睫毛をしばたたかせた。藤兵衛も赤鼻の下を掻《か》き、声を潤ませる。

「尾張の男前はこの藤兵衛か、清之介かと世評を二分したほどだったがね。あやつが御広敷《おひろしき》に詰めておった頃は奥女中が一目、垣間《かいま》見んと、障子《しょうじ》格子《ごうし》の向こうに鈴なりになっとったそうな。まあ、わしも町場では引けを取らんかったが」

「お前ぁ、洲崎《すざき》の遊郭《ゆうかく》に通い詰めしとったもんのう。何とか言う端女《はした》郎に夢中になってまって、欠落《かけおち》するのせんのと、どえりゃあ騒ぎじゃった」

「若造の時分は、そんなことの二度や三度はあるもんじゃろ」

「ねえわ」

三人はいつもこうだ。かれこれ二十年以上も前の、華やかかりし尾張を父の俤《おもかげ》に重ねて懐かしむ。

小四郎の父、清之介が小姓として仕えた宗春公は、幕府の倹約令によって江戸はもちろん諸国が水を打ったように静まり返る最中《さなか》、享保《きょうほう》十六年（一七三一）に初めて国入りした。尾張も不況の真っ只中で、名古屋城の天守閣を飾る黄金の鯱《しゃちほこ》を雨曝《あまざら》しにしておくはもったいないと、一部を改鋳して藩の財政にしたほどであったという。

宗春公が藩主の座についたのはその前年だ。もとは一生、冷や飯喰いの部屋住みで終わる立場であったのが、兄らの早世によって尾張徳川家の当主となった。そして初入国するや、長年、縮小されていた祭礼を以前にも増して振興し、城下での芝居や遊郭を公認、それまで禁じられていた武士の出入りをも許したのである。

折しも、八代将軍吉宗公が采配を振って進めた享保の改革によって、江戸や上方《かみがた》の役者は行き場を失い、路頭に迷っていた時分だ。彼らは群れをなして名古屋を目指し、興行を行なった。それまで年に一、二本だった芝居興行がにわかに百本を超え、三つの郭町《くるわまち》には千人の遊女が集まった。

「夏は毎日のように花火が上がったものよの。提灯《ちょうちん》や行灯《あんどん》で煌々《こうこう》と輝いて、三味線や太鼓が夜通し、鳴り響いとった」

「毎日が祭だったがや」

「江戸からも京大坂からも人が押し寄せて、尾張の繁華《はんか》に京が醒《さ》めたと、江戸者が呆《あき》れるやら羨望《せんぼう》するやら」

その時、尾張者は挫《くじ》かれた誇りを取り戻して胸を張ったことだろうと、小四郎は想像する。

尾張はしなびた大根なんぞではない、見よ、我らこそがこの日ノ本の中心ぞ、と。

が、公儀の倹約令を無視して上から下までが奢侈《しゃし》に耽《ふけ》り、派手に傾《かぶ》いたお蔭《かげ》で今の財政難があることに、この三人は気づこうともしない。

今の主君、宗勝公が八代藩主の座に就いた時、藩政は七万四千両、米三万六千石の膨大な赤字を抱えていたのである。以来、藩は逼迫《ひっぱく》した財政に苦しみ続けてきた。ことに小四郎のような二十歳前後の者は、物心ついてからずっと不景気の風に吹かれてきた。尾張の繁華をお伽噺《とぎばなし》のように聞かされるだけで、その恩恵を微塵も蒙《こうむ》っていない。

ゆえに小四郎は誰に言われるともなく、幼い頃から堅実に生きるを旨としてきた。母の稲は小四郎を学問好きだと思い込んでいたようだが、その実は違う。舞扇の代わりに筆や算盤に熟達せねば藩政は立ち行かないと、己なりに危機感を持って励んできたのだ。

「小四郎、いつまでも先行きを案ずるな。奉公する場が変わったとて、なるようになるもんだわ」

藤兵衛が慰めるような物言いをしたので、頭に血が昇った。

「手前は微塵も案じておりませぬ。さ、参りますぞ」

「え、もう、か。まっと、のんびり行こまい」

口々に不服を申し立てたが、小四郎は構わず菅笠《すげがさ》を手にして立ち上がった。

出立前、母の稲から釘《くぎ》を刺されていた。

「お三方に当たってはなりませぬよ。父上が遺《のこ》してくれた、大切なご縁なのですから」

瓢簞頭《ひょうたんあたま》と赤鼻、猪首……こんな厄介な縁など要らぬわと吐き捨てながら、小四郎は早足になった。

事態を打ち明けた時、稲は予想通りの反応を示した。

「御松茸同心。さようですか、格別の御役を拝命したのですね」

稲は何事にも動じず、取り乱さない。それがどれほど救いであることか。ここで泣かれでもしたら、それこそ我が身が辛くなる。情けなさがどっぷりと身に沁《し》みて、重くなる。

「母上、申し訳ありませぬが、さっそく国許に移る支度を願います」

すると稲は「支度」と、呟いた。

「ああ、小四郎殿のお支度。むろん、お手伝い致しますとも」

「お手伝いも有難いのですが、母上ご自身の支度、それにこの役宅を空けて引き渡さねばなりませぬゆえ、ご雑作《ぞうさ》をお掛けします」

稲はきょとんと小首を傾げていたが、「あらあら」と眉間を寄せる。

「そういえば、そうなる、わけですね。当主であるあなたが国許でご奉公するとなれば、この役宅に居られるわけがありませぬものねえ。母たる私も共に移るが尋常……私としたことが、どうしてそんなことに気がつかなかったのかしら。いいえ、私も江戸詰藩士の娘でしょう、尾張に移り住むなど想像だにしていなかったのです。勤番侍のごとく家族は動かないものと思っていましたが、よくよく考えたら逆だものねえ。一家まるごと、江戸から国に移るんですものねえ。ああ、何たる迂闊《うかつ》」

やがて独り言になって、黒目勝ちの瞳をしばらく天井に向けて左右に動かしていた。

「ああ、そうだ。そうするがいいわ」

稲は両手の指をきゅっと組み合わせて、唇の前に当てた。

「小四郎殿、私は江戸に残ります」

「……今、何とおっしゃいました」

「あなただけお行きなさい。私のことは、どうぞお構いなく」

小四郎は慌てて膝《ひざ》を前に進め、「お許し下さい」と頭を下げた。

「母上にかような遠慮をおさせ申すなど、何とお詫《わ》びしてよいか。生《な》さぬ仲とはいえ、この小四郎、母上のことは実の母御と思うて参りました。そもそも、我々は叔母と甥《おい》の間柄ではありませぬか。血がつながっておるのです。どうか行末も安堵《あんど》してお暮らし下さい。いついつまでも、必ずや孝行いたします」

すると稲は黙って見つめ返してくる。小四郎は心底からこの義母への慕わしさ、感謝の念で一杯になった。

この聡明《そうめい》な母上さえ傍にいてくれたら、俺は大丈夫だ。必ず手柄を挙げて、江戸に凱旋《がいせん》しよう。熱い力さえ湧《わ》いてくる。

ところが稲は「うぅん……」と口を尖《とが》らせた。そんな表情を作るのは珍しいことで、小四郎は「母上」と言葉を重ねる。

「ちょっと待って。ただ今、思案中」

「な、何の思案ですか」

稲はまだしばらく唸《うな》っていたが、「しようがないわね」と手を膝の上に戻した。

「有体《ありてい》に申さないと、小四郎殿のことだから妙な方角に想像を巡らせてしまうかもしれない」

「はあ」

「私は三十五歳です。……この家に嫁いできたのは、十六の歳でした。姉上が亡くなったからです。まだ赤子のあなたを残して」

「はい。まことに、御礼の申しようもなく」

「そうじゃなくて。三十五ともなれば世間では大々年増でありましょうが、近頃は皆、長生きでしょう。まして私の生家は長寿の家系、祖母や大伯母も八十、九十で大往生よ。母上なんぞ還暦を迎えて、ますます壮健です」

「はい。喜寿、傘寿、米寿まで私に祝わせて下さい」

「だから、ね、それが困るのです」

稲はなぜか、眉頭《まゆがしら》を曇らせた。

「そなたの父上が逝《い》かれてからずっと考えてきたことなんだけど、もうそろそろ、いいかな、って」

「何が良いのですか」

「ですから、そなたの母親役ですよ。そろそろ放免していただいて、私は私なりに生きてゆきたい、かな」

小四郎は開いた口が塞《ふさ》がらなくなった。稲は片眉を寄せて、けらけらと笑う。

「さように驚かずとも。ほんにあなたは一直線なんだから。ねえ……考えてもごらんなさい」

稲は両の手をほどき、己の胸に右手を当てた。

「十六で後妻に入って、まだ赤子だった甥を育てたのよ。ううん、それはいいの。あなたはとても懐いてくれたし、ほんに可愛かった。でも、もう私の役目は終わったのです」

「そんな。母上はずっと私の母上ではありませぬか。生涯、それは変わりません」

「そう、かしら。この先、ずっとあなたにくっついて生きていく、それって、どうにも想像がつかない。そのうち嫁取りもしなきゃあならないし、若夫婦に気を遣いながら姑《しゅうとめ》役をして、またもや孫の面倒をみたりして。ああ、もうそんなの真っ平、ご免蒙《こうむ》りたいわ」

「ですが、それが当たり前の生きようでしょう。他にどんな」

言いかけて、頭の中でかちりと辻褄《つじつま》が合う音がした。

「まさか、榊原の家をお出になるおつもりなのですか」

「そうねえ、そうなるわねえ。……ああ、暮らしのことならお気遣い無用です。いったん生家に戻って、それから考えるくらいの余裕はありますから。いえ、この家の物は竈《かまど》の灰に至るまであなたの物ですから、それを持ち出したりはいたしませぬよ。嫁いできた折の持参金をね、あなたの父上が綺麗《きれい》に遺《のこ》しておいてくださったのです。これは婚家との縁が切れた時に持って出るのがしきたりであるゆえ、もしその気持ちになったら、と。有難いことです。大抵の家は持参金などすぐに借金の返済に充《あ》ててしまって、びた一文残っていないものなのに。さすがは旦那様《だんな》」

「父上が、さようなことを」

「ええ。旦那様は私の気性も家の中の様々もよくわかっておいでだったから、いずれこの家を出る日が来るだろうと見通しておられたのかもしれない。そなたは学問があるゆえ手習《てならい》の師匠をするか、それとも奥女中勤めをするかなんて、笑いながらおっしゃって。うふ、ほんと、わかってらっしゃる」

両親の間でそんな会話が交わされていようとは、小四郎にはむろん知りようのないことだ。

「そんな話、いつなさっていたのですか」

「亡くなる二十八日前のことです。昨年の二月五日」

記憶力に優れ、数字にも明るい稲は迷いもせずに言い切った。

「かまわないかしら、持参金を持って出ても」

「むろん、さようなことを私が頓着《とんじゃく》するはずはない。それは母上がよくご存じでしょう」

違う、そんな話じゃない。母上が榊原家を出る、そのことを何としてでも止めたいのに、何をどう説きつければ良いのかがわからない。まったく、どうかしている。父上も父上だ、そんな、母上を追い出すような言いようをしてと腹を立て、考えが空回りをしてまとまらない。俺がこう言えば母上はこう返してくる、その一手先を、いや、三手先をと思案しているうちに、稲は「じゃあ、決まりね」と立ち上がってしまった。

「な、何とか、思い直していただけませぬか、母上」

結局、こんな間抜けなことしか言えないなんて。

稲はそれにはどうとも答えず縁側に出て、清々《せいせい》したとばかりに両腕を大きく広げた。

「私の役目は終わったの。……何をして生きていくかはこれから考えるけれど、しばらくは実家に厄介になってゆっくりと思案します。さあて、何をしようかなあ」

「で、ですが、ご実家はもう伯父上の代にございますれば、今頃、戻られても」

「若いくせに、小四郎殿はほんと堅物《かたぶつ》ねえ。大丈夫、武家であろうと町家であろうと、おなごは実家にちゃんと足場を残してあるもの。こんな日も来ようかと兄上にも義姉《あね》上《うえ》にも盆暮の挨拶《あいさつ》をちゃんとしてきたし、母上と義姉上とはもう芝居見物の約束もしてあるのよ」

稲が立ったまま物を言うのも、町女のように捌《さば》けた物言いをするのも初めてだった。よく知った母とはまるで異なる顔をしていた。重い荷をやっと下ろしたかのように、やけに晴れ晴れとしていた。

そして稲はゆっくりと微笑《ほほえ》んだものだ。

「あなたのお役目はこれからでしょう。しっかり果たしてきなさい」

母上にまで見捨てられた。

「小四郎、待てい。まっとゆっくり歩かぬか」

「まぁかん、息が切れるがや」

「わしらは年寄りだで、ちぃとはいたわらんか。おい、小四郎」

いつもは「とろい」と急《せ》かすくせに、都合の良い時だけ己らを年寄りだと言い張る。

「堅物の、きゃた郎ぅ」

ええい、くそっ、知るもんか。

小四郎は笠をぐいと目深《まぶか》にして、いっそう足を速めた。

東海道の矢作橋《やはぎ》を渡り、駿河《するが》街道に入った。江戸から十日ほどを費やして六月二十三日、ようやく名古屋城下に近づきつつある。早や、夕暮れが迫っている。

「おお、郷里《きょうり》はええだわ、やっぱり。半年ぶりぞ」

「小四郎、尾張は水が旨いがや。江戸とは比べものにならん」

「山が近いでなあ。尾張は木の国だで」

さすがは江戸だと浮かれてさんざん羽目をはずしたくせに、今度はお国自慢か。しかもこれから蟄居《ちっきょ》の身であるというのに、三べえはそれを恬《てん》として恥じる様子もない。

「どないじゃ。そなたの先祖が仰ぎ見た城ぞ」

夕陽が眩《まぶ》しいのか、勘兵衛が手庇《てびさし》をしながら言う。

目を凝らせば、真正面のかなたに堂々たる天守閣が見えた。小高い丘から城下を見晴るかしているので、城の足元に碁盤の目状に武家屋敷と町家が広がり、南北に通る堀川らしき水路までが見て取れる。

だが小四郎は何の興も催さない。たしかに立派だが、こっちは天下の御膝元で産湯《うぶゆ》を使ったのだ。江戸と比べたら、城も町並みもどことなく小ぢんまりとして見える。背後に深緑の山、さらに奥山を従えているからかもしれない。

それに、やけに静かだ。

江戸よりもなお不景気が露わなような気がして、小四郎は我知らず、長息《ちょうそく》していた。

新進気鋭の勘定方《かんじょうがた》として藩財政の立て直しを担う。国表に入る日は、そういう日であるはずだった。なればこそ、目的地に着到した歓びに溢《あふ》れ返るのだろう。今の小四郎には長旅の汗と埃《ほこり》、そして三べえの守《も》りの疲れしかない。

「ん、あれは……灯ではないか」

勘兵衛が呟くと、藤兵衛がうなずいた。

「盆でも祭でもないがに。何かあったろうか」

「わしらの帰国を知って、提灯を掲げとるんだわ」

伝兵衛が図々しい戯《ざ》れ言《ごと》を口にしたが、勘兵衛も藤兵衛も珍しくそれに乗らない。

城下の南手に次から次へと橙《だいだい》色の灯がともり、西陽が山際に沈むにつれて灯の色が夕闇《ゆうやみ》に浮かび上がっていく。

小四郎は息を呑《の》んだ。

無数の灯が夕風に揺れ、瞬《またた》いていた。まるで、光の谷のようだ。

「提灯は、町人の家だけだの」

勘兵衛の言葉に、藤兵衛が「ん」と咽喉《のど》の奥を鳴らす。小四郎は怪訝《けげん》に思って訊ねた。

「何ゆえ、こんな遠くからさようなことがわかるのですか」

「名古屋の城下は、身分によって住む界隈《かいわい》がはっきりと分かれておるでの。あの辺りは町人が住まっている土地《ところ》じゃ」

江戸と同じく、名古屋も城に近い界隈ほど上級の武士が屋敷を構えている。城に遠ければ遠いほど土地の格は下がるが、ここでは町人の町をはさむようにしてまた下級武士の役宅があるらしい。それが一目で見分けられるほど武家屋敷は宵闇に沈み、町家の軒先だけが灯《とも》っている。

それからは黙々と歩き、やがて城下に入った。小四郎は国許に不案内であるので、三べえの後に従《つ》いて歩を進める。と、伝兵衛が「やっ」と足踏みをした。

「おぬしら、道が違《ちご》うとるぞ」

小四郎は驚いて、伝兵衛に肩を並べた。

「どういうことですか」

一刻も早く、草鞋《わらじ》を脱ぎたい。城に出仕して着任の手続きをとるのは明日の早朝になるので、今夜は勘兵衛の家に泊めてもらうことになっている。

前を行く勘兵衛と藤兵衛が振り向き、同時に告げた。

「伝馬町《てんまちょう》通りまで参る」

「なにゆえ。家を通り過ぎてまうがや」

「おぬしの失態のせいで、明日からは我らも蟄居ぞ。今日のうちに城下を歩かずして、いつ歩く」

勘弁してくださいと口を開きかけたが、結句、言葉を呑み込んだ。勘兵衛がいつになく、有無を言わせぬ口調であったからだ。不思議な気がした。脇差を盗まれたと知れた時でさえ、こんな責め口調は使わなかった。藤兵衛も庇《かば》い立てをせず、辺りを窺《うかが》うようにしきりと首を伸ばしている。

「相わかった」

伝兵衛が渋々と後に続いた。小四郎も仕方なく従う。

右手に寺社、左手に下級武士らしき家々が建ち並ぶ道を進むと、また大きな道に出た。これが城下を東西に貫く伝馬町通りらしい。通りにずらりと面しているのは軒看板を掲げた商家だが、夕闇の中で灯っているのは白提灯である。

「何事じゃあ。皆、不祝儀《ぶしゅうぎ》の提灯を掲げとる」

伝兵衛が不審げに大声を挙げた。

「しかも、誰もおらんがや。どうなっとる」

日が沈んでまもないというのにどの商家も戸障子を閉《た》て、通りを行き交う者の姿がない。いくら不景気でも、江戸では考えられぬことだ。

「静まれ」

勘兵衛が制した。半身を前に倒し、耳の後ろに掌を立てている。やがて小四郎もその音に気づいた。

行列だ。

そうか、通りにほとんど町人がいないのは、御人払《おひとばら》いの命が下っているのか。

勘兵衛がすっと頭《こうべ》を垂れ、そのまま後ずさりをして道の端に跪《ひざまず》いた。額を落とし、両手を膝前に揃《そろ》えて平伏している。藤兵衛もそれに倣《なら》い、そして伝兵衛までもがあたふたと同様にする。

誰か、しかも相当な身分の貴人が動いている。だが、なにゆえこんな時刻に。

やはり只事ではなさそうだと、小四郎も腰を落とした。夏も終わりに近いせいか、膝下《しっか》の土が冷たい。

足音がだんだんと近づいてきた。行列は五十人、いやそれより少ないかもしれない。誰とも知れぬその行列が行き過ぎるのを平伏しながら待った。

微《かす》かな声がして、足音が止まった。

面を上げると真正面に黒漆塗りの駕籠《かご》が見える。小四郎はその紋を目にした途端、再び、ひしと半身を倒した。

それは尾州三つ葵《びしゅうみつあおい》である。御三家筆頭であり、諸大名の中で最も格の高い尾張徳川家の紋だ。

駕籠の中におわすは、いったいどなただ。

「その方らは」

問うてきたのは、駕籠に寄り添って立つ役人であろう。小四郎の傍《かたわ》らでひれ伏していた三人が順に名乗った。

「手前は、御城代組同心、三谷勘兵衛でござります」

「同じく、長井藤兵衛にござります」

「手前は、伊藤伝兵衛にござります」

駕籠の窓は三寸ほど引かれていて、中で気配が動いた。役人が身を寄せ、「は」と頭を下げる。

「三べえであるかと、大殿《おおとの》はお訊ねじゃ」

大殿……今、大殿と聞こえたような気がする。

江戸では耳にすることのなかった「大殿」について考えを巡らせているうち、三人はまたも平伏した。しばらく面を上げない。

「仰せの通り、我らは三べえにござりまする」

勘兵衛はただ鸚鵡《おうむ》返しにしただけだ。大殿が「三べえ」と口にした、つまり己ら三人を知ってくれていたことに感じ入ってか、声が震えている。その心持ちは少しはわかった。小四郎は昨年、家督を継いだ折に藩主、宗勝公に目通りを許された。それが主従のかかわりを結び直す儀式であり、一言、「励め」と言葉を賜っただけで総身が熱くなったのだ。ゆえに一心不乱に机に向かい、上役の分まで仕事をこなしてきた。

勘兵衛が神妙に言葉を継いだ。

「畏《おそ》れながら申し上げます。此度《こたび》、江戸より同道いたしましたる者は、かつて御小姓としてご奉公致しましたる榊原清之介の息《そく》、小四郎にござります」

すると、役人が動いた。「は」と返事をしてからこっちに身を向ける。

「清之介は息災かとのお訊ねじゃ」

黙っていると、三べえが「お前ぁにお訊ねじゃ」とせっついた。緊張して、小四郎はやっと声を絞り出す。

「父は先年、病を得まして身罷《みまか》りましてございます」

ややあって、声が響いた。

「……先に逝ったか」

そう聞こえた。少し掠《かす》れた声だった。

窓の扉が閉まる音がする。塗り駕籠が再び動き出した。

ややあって顔を上げると、行列の後尾が町はずれの闇の中へ吸い込まれていくところだった。三べえは土の上に坐したまま、しばらく立ち上がろうとしなかった。


小四郎は山道でまた足を滑らせて、つんのめりそうになった。

中間《ちゅうげん》の平作《へいさく》が振り返って手を差し出したので、それに摑《つか》まって体勢を立て直す。

このひと月というもの、小四郎は近郊の御林《おはやし》を毎日のように巡っている。

御林とは、領民が藩主の許しを得ずに立ち入り、草木や木の実、茸などの産物を採取することを禁じた山林地域を指している。尾張藩に限らず、幕府の天領地や諸藩でも同様の山林を持っているが、尾張藩のそれはことに松林が多いらしく、自ずと松茸《まつたけ》が特産となったようだ。

小四郎は名古屋に着到した翌日早朝に勘兵衛宅を出て、城に参上した。御林奉行である児島幸左衛門《こじまこうざえもん》に着任の挨拶を言上《ごんじょう》するためである。

奉行所の実務は瀬川正吾《せがわしょうご》という上席手代《じょうせきてだい》が担当しており、その配下に手代が三十人、一組三人ずつが十組に組割りされて仕事を分担しているらしい。その下に御案内役、そして小四郎の朋輩《ほうばい》にあたる同心は役所に内勤する者が六人、さらに山廻《やままわり》同心と呼ばれる十人がいて、それぞれ組を編成していると説明を受けた。

つまり江戸藩邸と同様、人が余っているわけだと、小四郎は腹の中でごちた。手代など十日に一度の出勤ではないか。であれば、その半分を割いて松茸の不作に対策を講じさせれば良い。ならば一年もあれば成果を出せるだろう。

なのに、何で俺一人なんだ。

山廻同心にも挨拶をしておこうと訊ねたが、上席の瀬川は素《そ》っ気《け》なく首を横に振った。

「山廻の者は常時、御林を巡り、盗木を監視するが御役目じゃ。我らとは滅多に顔を合わせることがない。ほとんどの者が城下でのうて、村々に土着しておるゆえ」

初秋とはいえ七月の日中はまだ陽射しが強く、汗がしとどに流れて止まらない。夜になってもまだ顔や腕が熱いほどなのだ。屋敷の中で筆と算盤を手に仕事をしてきた小四郎にとって、この山歩きがひどく堪《こた》える。足も背中も己のものでないかのように硬直して、足の裏には血豆までできた。

しかも山の中でうかつに枝を摑めば虫や蛇が絡んでおり、俯《うつむ》いて歩けば蜘蛛《くも》の巣に頭から突っ込んでしまう。声にならない声を挙げて、何度も平作の腰にしがみついた。

小四郎は江戸を発《た》つ前に家来や下男下女を召し放ちにしたので、当地に入ってから勘兵衛の家人の世話で中間の平作や飯炊きの婆さんを雇った。尾張に従《つ》いていかなくてもよいとわかった途端、家来や使用人が見せた安堵の表情が忘れられない。わずか三年で帰って来ると説いたのに、誰も供をする気はないようだった。その前夜、母の稲からも「江戸に残る」と言い渡された小四郎は、半ば自棄《やけ》になって解雇したのである。

江戸に帰りたい。畳の上で仕事がしたい。

小四郎は毎晩、そのことだけを考える。

役宅は勘兵衛の家よりさらに手狭で、六畳と四畳の二間きり、あとは竈《かまど》を設《しつら》えた板間のみだ。御松茸同心は足軽身分であるので、三べえが住む界隈よりさらに軽輩の侍ばかりが集められている、城下でも最東の地に役宅がある。

平作の背中を見ながら、小四郎は歩き続ける。今日は植田《うえだ》御林を視察してから、さらに東の上野《うえの》御林にまで足を延ばさねばならない。平作は「一刻もあれば着きますがに」と気軽に言うが、山から山へと渡るだけで疲労困憊《ひろうこんばい》し、しかも今日は上野村で泊まることになっている。

小四郎は他人の家に泊まるのがひどく苦手だ。勘兵衛の家に一晩、泊めてもらっただけでもほとんど寝られなかった。枕や布団が替わると目が冴えてしまうのである。

「旦那様」

平作が足を止めた。平作は上野村の百姓の次男で、歳は小四郎と同じ十九だ。中間勤めは初めてであるらしく、初見ではただでさえ小柄な身をすくめ、物言いもおずおずとしていた。ところが山を歩くようになってからは時々、こうして話しかけてくる。

「何だ」

「ここが、よく御松茸が生えると語り継がれた場にござります」

なだらかな傾斜に木々の幹が見渡す限り広がっていた。幹の径はほぼ六寸で、松葉を持つ枝は遥か頭上にある。

「松林だな」

尾張藩における御林の大部分は松林であるということは、江戸にいた頃から耳にしていた。が、平作はきょとんと黙っている。当たり前過ぎることを口にしたらしいと気がついて、小四郎は慌てて言葉を継いだ。

「立派な黒松だ」

するとますます、平作が眉を下げる。

「何だ」

「畏れながら、御松茸が生えるのは赤松林と決まっておりますがに」

「ああ、さようであったな」

実のところは、まるで知らぬことだった。小四郎はそもそも、花や木々にまったく興味がない。幼い頃は父と母が家来まで伴《ともの》うて毎年のように花見に出かけたが、退屈極まりなかった。花枝の下で呑み喰いをするだけなのだ。しかも毛氈《もうせん》の上には虫が這《は》い上がってくる。それを目にした途端、小四郎は喰い気が失せ、それからは箸《はし》を伸ばせなかった。

父は役宅の小さな庭に盆栽を並べて鋏《はさみ》を使っていたが、その背中もやけに年寄り臭く見えたものだ。だから鋏の音から耳を塞ぐようにして、小四郎は算法の難問に取り組んだ。

数字に暗ければ出世は覚束《おぼつか》ぬが、松や桜を知らなくとも生きていける。

小四郎は再び、平作の顔を見た。途端に平作が目を伏せた。

もしかして気の毒がられたのか。この、下々を代表するかのような貧相な男に。

「平作」

小四郎は咳払《せきばら》いをして、背筋を立てた。

「ここの生りは、如何だ」

「この数年はさっぱりですがに。昔は御松茸山と申せばこの植田の御林を指したと聞いたことがありますが……いえ、今年は仰山、生るやもしれません」

「ふむ、それは祝着」

「けど、不作かもしれませんて」

「曖昧《あいまい》だな。どっちなんだ、はっきりいたせ」

「予測がつかんのが、御松茸ですがや」

小四郎は暗澹《あんたん》となって、辺りを見回した。落葉が降り積もっていて、重心を変えるだけで足首まで埋まりそうになる。足を取られぬように気を張り、恐る恐る幹に手をやりながら歩いた。

年老いた者の瘡《かさ》のような手触りだ。老兵の集まりか。

「ここの赤松は何本ある」

「はて。本数の記帳管理は山廻同心様の御役目でござりましょう」

そんなことも知らぬのかと、中間ごときに鼻先であしらわれた。憮然《ぶぜん》とする。

かさりと音がした。振り向くと、平作が小四郎を庇うように前に出た。誰かが山を駆け下りてゆくが、すぐに木々の枝葉や草叢《くさむら》に紛れてしまった。

「何者だ」

「ここは百姓の出入りを禁じられとりますゆえ、おそらく、えて公でござりますがや」

「えて公」

「猿にござります」

「猿が出るのか」

「鹿や猪《いのしし》、栗鼠《りす》とも行き遭《あ》います。皆、山に棲《す》んどる連中ですわね」

ぞっとした。小さな虫けらでも飛び上がりそうになるのに、猿や鹿などと出くわすなど、とんでもないことだ。

「上野村に向かおう。近頃は日暮れが早い」

平静な声を作って、そう命じた。

六尺四方の囲炉裏《いろり》に鍋《なべ》がかかっている。

赤々と燃える薪《まき》を鉄箸で動かしながら、山本権左衛門《やまもとごんざえもん》は「ほうですか」とまた目尻に皺《しわ》を寄せた。六十も半ばは過ぎていようか、薄い白髪で髷《まげ》を結うのも苦労していそうだ。

権左衛門は地元、山の衆から選ばれて任ぜられている御山守《おやまもり》である。山廻同心の一人でもあるらしいが、山を知り尽くす百姓がその昔、藩から御役を賜ったのだろうと、小四郎は推した。江戸の近郊でも名主や庄屋は苗字を持っている。この家も藁葺《わらぶ》きの平屋で幾重もの土塁《どるい》に囲まれ、砂地の庭はまさに大百姓の構えだ。

平作が言うには、跡継ぎに早く死なれて孫はおなごが一人であるので、まだ隠居ができぬらしい。

「ほうですか、榊原様の御子息にござりますか」

また父の名が出た。

「ご存じですか」

すると権左衛門は「もちろん」と、笑みを浮かべてうなずいた。

「大殿の御小姓をお務めでござりました頃は、御松茸狩に当村にもお見えでござりましたがね。……御子息が再びこの地にお運びになりゃぁすとは、長生きもしてみるもんですわ」

鍋の中が、ぷつぷつと泡を立て始めた。

「じい様、酒の用意ができたがや」

足音を立てて娘が入ってくる。権左衛門の孫娘であると、ここを訪ねた折に紹介された。下男も置かず、祖父と孫娘の二人暮らしであるらしい。

がちゃりと盃を権左衛門の膝脇に置くと、娘は「ああ」と口を尖らせて杓文字《しゃもじ》を手にした。

「じい様、ちゃんと粥《かゆ》の番をしといてくれんと、煮えとるがに」

「何でゃあ、千草《ちぐさ》、盃を持って来《こ》ぉと言うたろう。椀は後でええがや」

「あらら、また忘れてまった。平作どん、盃を持ってきてちょうでゃあ」

「え、どこ。ありゃ、せんがね」

「ほら、そこの桶《おけ》に伏せとるでしょう。あれ、ないの」

顔見知りであるのか、千草と平作はごく親しげな口をききながら、ばたばたと動き回る。

「忙《せわ》しのうて、申し訳ありませんのう」

やっと盃を渡されて、権左衛門が大きな徳利を差し出した。

「江戸からござったお方の口に合いますかの」

小四郎は「では、一杯だけ」と受けた。

「遠慮なさらんと、さあ」

遠慮などしていない。ただ、居心地が悪いだけだ。年寄りの相手をするより、早く独りになりたい。

「そういえば、酒肴《あて》にこれをお出しせんと始まらんがや」

権左衛門はよっこらと腰を上げ、奥の板間に向かう。娘と平作は鍋の中の物をよそい、もう椀に顔を突っ込んでいて、ずず、ずずと粥を啜《すす》っている。権左衛門が壺《つぼ》を大事そうに抱えて戻ってきた。蓋《ふた》を開け、小皿に何やらを移している。

「どうぞ」

囲炉裏の木枠に皿が置かれた。何やら茶色い物が横たわっている。不気味だ。

「これは何ですか」

「おや、召し上がったことがありませんかのう。塩で漬け込んだ漬松茸《つけまったけ》ですがに」

「松茸の塩漬け、ですか」と、我ながら気のない返答になった。

江戸者にとって、松茸は高嶺《たかね》の花である。下級武士の口には滅多と入るものではなく、小四郎はこれまで数度食べたきりだ。しかも旨いと思ったことは一度もない。稲が到来物の生松茸をたった一本、それは薄く紙のように切り分けて吸物に仕立てたことがあったが、なぜこんなむにゅむにゅと、舌触りの曖昧なものを有難がるのだろうと不思議に思ったものだった。椎茸や榎茸《えのきだけ》で充分ではないか。

権左衛門が勧めるものも、やはり紙のように薄く切ってある。箸を取って一気に口に放り込むと、塩辛さが舌を刺した。噎《む》せる。

「まっと、こう、ちびちびと齧《かじ》ってみなされ。日持ちするように塩を仰山、使《つこ》うとりますで、けどこれが酒によう合いますがや」

また三枚を壺から出して小皿に入れる。もう結構だと辞退しかけたら、「じい様」と小娘が箸を持ったまま剣呑《けんのん》な声を出した。

「味のわからんお人に無理《むり》強《じ》いせんで、ええでしょう。漬はもう、その壺で最後よ」

十四、五にはなっているであろうに、客の前で何と無作法なのだろうと、小四郎は鼻白《はなじら》んだ。

そんなに大事な物なら端《はな》から出すな。

小四郎は盃の中を干すと、囲炉裏の木枠に音を立てて伏せた。糸底を上にして置けば、酌はもう要らぬという意思表示になる。

「ところで、今年の上野御林の見込みは」

権左衛門に訊ねてみた。

「はて、如何相成りましょうか。この御林の最盛期は九月も末でございますで、まだ何とも」と、頼りない返答だ。

「そういや、千草、矢橋《やばし》様にお伝えするの、忘れとらせんわなあ。今日、御松茸同心様がござると、ちゃんと言うといたがか」

いきなり話題を変える。すると千草という孫娘が鼻の穴を広げた。

「ちゃんと言うたがに。そのうち、見えるがね」

「平作、ちと永弘院《ようこういん》に迎えに行ってきてくれんか」

「ああ、わかった」

誰か知らぬが、また挨拶をせねばならぬのかと、小四郎はうんざりする。初対面の者と会うのがもともと好きではないのに、尾張に来てから毎日のように誰かを紹介され、頭を下げたり下げられたりしている。

こんな虚礼は無駄だ。面倒なだけだ。

平作が板間から土間に下りた途端、戸障子を引く音がした。

「ああ、ござった、ござった」

権左衛門が途端に元気を取り戻す。身を屈《かが》めるようにして入って来たのは侍だった。六尺近くあるのではないだろうか、上背のある男だ。

「邪魔するぞ」

框《かまち》に尻を置いて草鞋を脱ぐと、埃を払うように袴《はかま》を叩きながら上がってきた。

慣れた家なのか、男は勧められる前にどっかと腰を下ろして胡坐《あぐら》を組んだ。その汗臭さがむんと立って、小四郎は息を詰める。無精髭《ぶしょうひげ》が顎《あご》から口の周りをおおい、月代《さかやき》も手も日に灼けて赤銅色《あかがね》だ。顔立ちの彫りは深い。

「榊原様。こちら、矢橋栄之進《えいのしん》様にござりますだで」

小四郎は作法通り、正坐に直った。

「此度、御松茸同心を拝命して江戸から参りました。榊原小四郎にございます。お見知り置きを」

頭を下げると、向こうは足を大きく組んだまま軽く辞儀を返すのみだ。

「矢橋栄之進にござる」

「矢橋様、ようござりましたなあ、やっと御松茸同心がお二人になられたがね」

権左衛門が奇妙なことを言いながら酌をした。

「矢橋様は御松茸同心、なのですか」

「まあ、な。今は権左衛門の仕事を手伝《てつど》うておるが」

一人だと思い込んでいた仕事に朋輩があったとわかって、小四郎は腰を浮かしそうになった。

助かる。あんな松林、俺だけでは太刀打《たちう》ちできそうもない。

栄之進は盃を一口で呑み干し、「ああ、もう独酌でやるゆえ。千草、猪口《ちょこ》をくれ」と命じる。千草は「呑み過ぎんでよう」と言いながらもすぐに立ち、大ぶりの猪口を持ってきて栄之進に渡した。栄之進はそれに酒を注《つ》ぎ、さっそくあおっている。

「ならば、御上席もそうと言って下されば良いものを。江戸でも当地でも、他に御同役がおられるとは聞かされておりませんでしたゆえ」

前屈みになってまた酒を吸ってから、栄之進はようやく顔だけを小四郎に向けた。目を合わせてくる。ふと、しじゅう深酒をして欠勤する上役の目を思い出した。

「それがしが拝命して、かれこれ十五年になるか。当時の上役はとうに隠居しておるし、今やそれがしがここにおることを誰も知らぬのであろう」

「失念とは異なこと。第一、任期がありましょう。私は三年で江戸に戻れと言いつかって、ここに参ったのです」

「榊原というたか。そこもとが何の咎《とが》で飛ばされてきたか知らぬが、三年、四年などという時限はたやすく反故《ほご》にされるぞ。覚悟しておけ」

「何ゆえ、任期が反故にされるのですか。道理が通りませぬ」

覚悟なんぞ、したくない。

「松茸はな、毎年、生りが異なるのだ。不作が続けば専従を置いて対処させねばと、適当な者の尻に火をつけて御林に飛ばす。が、その翌年、ふいに豊作になったりするのよ。さような年は家臣らにまで御松茸狩のお許《ゆるし》が出て、二本、三本を摘んで宝物のように持ち帰りおるわ」

「わしら山守が御下賜を頂戴《ちょうだい》するのも、そういう、あんばよう採れた年に限ってのことでござりますわね。今、榊原様にお出ししたのは、七年物の御松茸だがに」

権左衛門が小四郎に勧めた小皿に目をやりながら、言い添えた。七年も前の代物《しろもの》だと知った途端、舌の上が何やら黴臭《かびくさ》いような気がしてくる。

「ですが何でも、それがしは三年で豊作にせねばなりませぬ。三年で成果を出して江戸に戻らねば、藩邸の仕事が進みませぬ」

あの上役らは俺がいなくなって、今頃、泡を喰っているに違いないのである。榊原を国表に出向かせるのではなかったと、さぞ悔いているだろう。母上もそうだ。伯父上やその妻女も初めは温かく迎えてくれるものの、今ではきっと厄介者扱いされている。

こんな山中でぼやぼやしてはいられない。皆が俺を待っている。

「かように無為無策を重ねておっては、埒《らち》が明きませぬぞ」

小四郎は語尾に力を籠《こ》めたが、栄之進はどうともこたえず、権左衛門はすっと目を逸《そ》らした。平作と千草も知らぬ顔をして、粥をおかわりしている。

何でだろう、俺が行く先々には必ずやる気のない者がお揃いだ。

小四郎は気を取り直して、励ますように皆を見回した。

「まあ、たかが御松茸です。それがしが参ったからには早々に解決いたしましょう。ご安堵下さい」

「たかが、ねえ」

鼻を鳴らしたのは千草である。大仰に肩をすくめて見せる。

何だ、その素振りは。小癪《こしゃく》な小娘だ。

「榊原、たかが松茸だが、そう簡単に事が運ぶと思うておったら甘いぞ。そもそも豊作にできる手立てがあらば上方の商人らが自前の山でたんと作って、とうに大儲《おおもう》けをしておるわ。まあ、肩に力を入れるな。御松茸同心は島流しも同然だからな。手遊《てすさ》びでも見つけて、精々、腐らぬように日を過ごすことだ」

「矢橋様、それも言うんなら山流しだに」

千草が口を菱形《ひしがた》に開いて、茶々を入れた。やたらと大きな前歯だ。栄之進は「おう」と生気のない目をして薄笑いを浮かべた。

笑い事じゃないぞ。

ばさりと薪が崩れ、小さな白灰が立った。

第三章

――小四郎殿はさぞ、御役目にお励みのことでありましょう。私も毎日、とても楽しゅう過ごしております。ご安堵《あんど》下さりませ。思い起こせば、私は箱入りのまま嫁いで、そのまま旦那《だんな》様にお守りいただきました。ずっと箱入りのままであったのですね。今、こうして独《ひと》り身《み》になってみますと、見るもの聞くものすべてが新しく。そう、生き直しているかのごとく感じております。

小四郎は母、稲からの文をそこまで読んで、大きなくしゃみを落とした。虫干しをちゃんとしておるのか、ここの書庫は。

ぼやくと、また鼻がむずむずした。小四郎は上役にかけあい、書庫に入る許可を得た。八月に入って五日の間、朝から夕まで書を繰り続けている。その合間に、今朝、稲から届いた文を開いたのである。薄暗い書庫の中で長持《ながもち》に腰を下ろし、目を走らせる。蔵書が陽に焼けぬように小窓は北側に穿《うが》たれているだけだが、巻紙の白は明るくて、いつもながら麗しい稲の筆運びが懐かしくてたまらない。

が、稲がまた遠ざかったような気がして、落胆もする。てっきり、早く帰ってきてという懇願の文言が綴《つづ》られているかと思いきや、のびのびと遊んでいる風なのだ。

――そうそう、近頃、鼓《つづみ》を習い始めました。お師匠は在府の加賀の御方で、面影が清之介様にちょっと似ておられるの。なぜかしら、私は家でしっかり御稽古《おけいこ》をして参るのに、お師匠の前で披露するとなるとしくじりばかり。胸がどきついて、指が震えて……

何だ、これはと小四郎は立ち上がった。

また大きなくしゃみが出る。

小四郎は文を手荒に巻き直して、懐に押し込んだ。

気丈で聡明《そうめい》とはいえ、本人も書いている通り、世間知らずの箱入りなのだ。粋人《すいじん》を気取った男になど、わけもなく誑《たぶら》かされる。これはもう悠長に構えておられぬ、非常の事態だ。

三年と言わず、今年で大成果を挙げて江戸に戻らねば。そして母上を諌《いさ》めて、鼓などやめさせねば。

小四郎は立ち上がり、書庫に夥《おびただ》しく並んだ棚の列を見渡した。

もう一人の御松茸同心、矢橋栄之進の言葉が頭の中で過《よ》ぎった。

――豊作にできる手立てがあれば、上方の商人らが自前の山でたんと作って、とうに大儲けをしておるわ。

まったく、仕事のできぬ者に限って「できぬ理由」を並べ立てる術《すべ》には長《た》けている。豊作、不作を不定期に繰り返すゆえ、どうともできぬだと。それも言い訳に過ぎぬ。

栄之進といい、山守の権左衛門といい、彼奴《きゃっ》らは根本から間違っている。敵を調《ちょう》略《りゃく》するにはまず敵を知るべし、松茸が何ものかを知りさえすれば百戦危うからず、ではないか。

小四郎は本草学《ほんぞうがく》の棚に近づき、納められている書を次々と繙《ひもと》いた。

松茸は古来より秋の風物として愛《め》でられ、万葉集にも松茸の香りを詠《よ》んだ歌がある。いかに草木に興味がなくとも、そんなことは知っている。神饌《しんせん》として供えられ、帝《みかど》にも献上され続けてきたはずだ。ここ尾張藩でも将軍家はもとより、禁裏《きんり》にも生松茸や漬松茸を献上している。

小四郎は十数冊目の書を閉じて、舌打ちをした。どれもこれも、すでに承知していることばかりだ。わずかな収穫としては、「茸《きのこ》」が古くは「菌」の字を用いていたこと、その後、「蕈」なる字も用いられるようになったこと、その程度だ。

小四郎は方針を変え、松樹について調べてみることにした。

黒松と赤松は樹皮の色の違いからきており、黒松は雄松《おまつ》、男松とも呼ぶようだ。それは葉が太く長く、硬いからで、庭に植えて通りから「見越《みこ》しの松」として愛でられる。

ふむ、あれが黒松か。小四郎は江戸の大名や旗本屋敷が塀越しに見せている松の姿を思い浮かべた。東海道を始めとする街道筋の並木も、多くは勇壮な景色を持つ黒松であるらしい。

一方、葉が細く柔らかい赤松は雌松《めまつ》、女松の異称を持ち、油分を多く含む松葉は燃料として山の民に用いられてきたという。

小四郎は一冊、一冊を速読しながら、やはり本草学の棚では埒《らち》が明かぬと頭《かぶり》を振った。身を移し、「山林」と紙片に記された棚に手を伸ばした。しかし、松茸がまるで出てこない。農書にも当たってみたが、大根や菜の種、肥料についての記述に終始している。

さすがに苛立って、天井を見上げた。

まさか、松茸について何もわかっておらぬのではあるまいな。そんな馬鹿な。ただの茸ではないかと考えつつ、焦りが嵩《こう》じてくる。

——まあ、肩に力を入れるな。……手遊びでも見つけて、精々、腐らぬように日を過ごすことだ。

栄之進の言葉がまたも過ぎって、フンと鼻を鳴らした。何が「腐らぬように」だ。己はすでに世捨て人のような目をしているじゃないか。

いかん、いかん、あんな者のことは捨て置いて集中せねばと、小四郎はまた棚を巡った。

書庫の中は伊呂波《いろは》の順に棚が分かれており、つまり棚は四十七ある。四棚ずつが一列に並べられているので、全部で十二列。いや、ちょっと待てよと、小四郎は半歩、引き返した。

一棚、多くないか。

列から列をもう一度、見渡してみる。右から左までずらりと並んだ列には、棚が欠けている箇所がない。伊呂波の末尾である「す」の棚の隣に向かった。胸の中が妙にざわついて、思わず前のめりになる。

そこには無名の棚があった。何冊かを手にして見たが、書に絵巻、歌集が入り混じり、脈絡のないものばかりが積んである。何のことはない、整理前のものを一時置きしてある棚のようだ。

どんよりと疲れが押し寄せてきた。今日はこれで終《しま》いにしようと薄い一冊を手に取り、表紙を見た。無題である。中を繰ると、『蔬』という文字が目に入った。

蔬とは、茸の異字じゃないか。

書を持ち上げて目を凝らすと戸口で音がして、書庫番が声を張り上げた。

「そろそろ閉める刻限ですが、よろしゅうござりますか」

「ああ、もう出る」

小四郎は一瞬、それを棚に戻そうとして、いや待てよ、家で読もうかと肘《ひじ》を戻した。戸口の前に文机があり、そこに貸出帳が置いてあったはずだ。棚から離れ、急ぎ足で戸口に向かう。書庫番が机の前に屈んで、硯《すずり》や帳面を仕舞いかけていた。

「一冊、借りたいのだが」

書庫番は「は」と面倒そうな面持ちになった。

「そのままお持ち下され。持ち出し禁止の書でなければ、二、三日は構いませんがや。さ、出て、出て」

追い立てられるように外に出た。小窓を閉める音がする。

何とも慌ただしい書庫番だと半ば呆《あき》れながら書物を懐に入れ、庭を横切って表向《おもてむき》の詰所に戻った。

内勤の六人が詰めるその部屋の片隅に、小四郎は机を置いている。皆、御林の維持管理にかかわる職務であるので、ほとんど誰とも口をきいたことがなく、誰も話しかけてこない。着任してまもなく方々の御林を視察したのでその暇《いとま》もなかったのだが、何気なくかかわりを避けられているような気もする。

小四郎は弁当も、毎日、雇いの婆さんが作ってくれるものを一人で喰っている。べつだん、淋《さび》しくはない。江戸の藩邸でもずっと一人であったし、その方が気楽だ。つまらぬ噂《うわさ》話や遊びの算段につきあって愛想笑いを浮かべるなど、勤めの埒外《らちがい》である。

廊下から敷居をまたいだ途端、「榊原」と呼ばれた。たしか尾田《おだ》という朋輩だ。小四郎より三歳ほど上だろうか、吊《つ》り目で、やけに色の白い男である。

「瀬川様がその方を捜しておられたぞ」

上席手代が何用だろう。

借りてきた書を風呂敷で包んでいると、当の本人が忙《せわ》しなく入ってきた。

「やれやれ、いよいよ始まるのう」

独り言を零《こぼ》しながら、上座に腰を下ろした。皆、一斉に辞儀をする。小四郎も隅の席で頭を下げた。

「御松茸御用《おまつたけごよう》の第一報が、江戸の御小納戸頭《おこなんどがしら》より参った」

すると六人が帳面を広げ、筆を持つ。小四郎も筆に墨を含ませた。

「今年は殿が在府であられるので、まずは今月、八月末に生を二千本調達せよとのお達しじゃ。大樹公並びに大奥、諸大名家、禁裏への献上、むろん殿の召上がり分も含んでの数である」

そこで瀬川は言葉を切って、上目遣いになった。場をゆっくりと見回していると思えば、なぜか小四郎の眉間でぴたりと視線が止まる。

「榊原」

「はい」

「植田の御林は如何《いかが》じゃ。二千本、いけそうか」

いきなり迫られて、言葉に詰まった。

「まだ何とも、推しかねます」

「何だ、頼りないのう。植田に黒岩、上野も視察すると届《とどけ》が出ておったではないか。見込みをつけてきておらぬのか」

小四郎は「申し訳ありませぬ」と頭を下げかけて、上野御林の山守である権左衛門が口にしていたことを思い出した。

「畏《おそ》れながら、上野は九月の末が最盛期にござりますれば」

すると、瀬川が「それで」と先を促してくる。

「今は八月に入ったばかりにござりますゆえ、まだ見込みがつきませぬ」

瀬川の声が、「ほぉ」と剣呑《けんのん》な気配を帯びた。

「それで、ごまかしたつもりか」

皆が一斉に首を回し、こっちを見た。

「わしは今、植田御林の見込みを訊いたのだ。上野の最盛期がまだ先であるなど、百も承知しておるわ。いやはや……榊原は歳に似合わぬ俊英と聞いておったが、まるで凡庸《ぼんよう》、口脇が白いではないか。こんな者、江戸藩邸ではいざ知らず、国許では使えぬわ」

小四郎は頬が強張《こわば》るのがわかって、口許を引き結んだ。

凡庸、未熟、使いものにならぬ。生まれてこの方、一度たりとも縁のなかった言葉だ。それを皆の面前で投げつけられた。呆然とする。

瀬川は小四郎の前の席に、目を移した。

「尾田、その方の見込みを申してみよ」

「はッ。昨年同様、植田は五百が精々でありましょうから、足らずの千五百はいつもの手筈《てはず》を整えまするが如何でございましょう。上野、黒岩は来月、目途《めど》をつけさせまする」

「ん、それで良し。飛脚もおさおさ怠りなく手配致せ。御松茸は鮮度が命ぞ」

瀬川はさらに段取りを指示して、最後に皆をずいと見回した。

「これから二月の間、御林奉行配下の手代、山廻同心、及び山守と村々の者五百名が御松茸御用に邁進《まいしん》致す。御三家筆頭の名に懸けて、他藩より一本でも多く、見目は立派、風味極上たる物を揃《そろ》えよ。良いなっ」

わざとなのか、瀬川は「御松茸同心」の名を口にしなかった。

小四郎は蔵の中に籠《こも》って、毎日、荷詰めをしている。

荷が着くつど、間髪《かんはつ》を容《い》れずに桐箱に詰め替えねばならぬので、城内の御長屋に泊まり込んで役宅にはほとんど帰っていない。

尾田が上役の瀬川に上申した「いつもの手筈」とは、御用商人に松茸を納めさせるという方法だった。入札《いれふだ》の結果、木津屋《きづや》と大口屋《おおぐちや》という大店《おおだな》がその御用を受け、上方で仕入れた物を毎朝、届けて来る。数十本、時にはたった五本という小口の荷もあり、そのつど荷を開いて詰め替えねばならない。

植田の御林は最盛期の八月末になっても三百に届かず、結句、予定より多い本数を商人から購《あがな》うことになった。しかも江戸からの追加注文も毎日のように届き、ことに御簾中《ごれんじゅう》様を中心とする奥から「御音信用《ごおんしんよう》」、つまり交際用に百本、また二百本との注文が来る。その納めが遅れると奥の女役人から国用人に催促の文が来て、それが御林奉行に回って上席手代の瀬川に命が下り、尾田が小四郎に命じるのである。

蔵の中は平作を始めとする中間らが尻端折《しりはしょ》りで桐箱を積み上げ、同心身分は小四郎のみだ。松茸に指が直《じか》に触れると傷むとの理由で木綿手袋をつけるが決まりであるらしく、木曾から取り寄せた檜葉《ひば》を敷いてからそっと並べてゆく。さらにその上に羊歯《しだ》をかぶせ、乾燥を防がねばならない。まるで青物屋の小僧だと情けなくなりながら、ともかく手を動かさねば捗《はか》がいかないのだ。

それにしても。上方で採れたものを買い入れて詰め替えるとは、とんだ尾張名産じゃないか。何が御松茸御用だ。かようなことを毎年、何百人も動員してやることじゃない。

これじゃあ、御松茸騒動だ。

しかも、半日でも早く届けねば味が落ちると、早飛脚を仕立てる。その掛かりたるや、いかほどかと算盤を弾きかけて止《や》めた。肚《はら》の中で悪口《あっこう》を撒《ま》き散らす元気も失っている。こうも躰《からだ》を使うのは生まれて初めてなのだ。上野の権左衛門にそろそろ今年の見込みを問い合わせておかねばと心組《こころぐ》みながら、文も書けない。筆を持つのが大儀なほど疲れ切って、泊まり込んでいる御長屋の四畳半に入った途端、倒れ込む。気が遠くなりかけても、総身に染みついた松茸の臭いだけは消えてくれない。

俺、このまま松茸になってしまうんじゃないか。

小四郎は近頃、そんな気がする。松茸以外の物にほとんど触れないのだ。

蔵の入口で人声がして、誰かが入ってきた。

「榊原、榊原はおらぬか」

平作が「旦那様、お呼びですがに」と傍に来たので、小四郎は「ああ」と顔を上げた。

やけに白い顔が見えた。朋輩の尾田だ。

「ここの目途がつかば早々に上野に出向き、急ぎ、出荷の手筈を整えよと、上席の御指示だ」

「……承知」

「江戸から追加の御所望は生と漬、それぞれ千。計二千本は上野の御林で納めよ」

尾田は帳面を見ながら顔も上げず、踵《きびす》を返した。

に、せんぼん。

呟《つぶや》いて、やっと我に返った。

「待ってくれ。二千本を用意できるかどうか、生育を確かめてからでなければ確約できぬ」

「調達できねば商人に申し付ける。その際はこちらで取り計らうゆえ、おぬしが顧慮《こりょ》せずとも良い」

不足分を商人から購うことを前提に動いている。

小四郎は腑《ふ》に落ちぬ思いを抱えながら、うなずくしかなかった。


上野御林の山守、権左衛門宅に滞在して、十日が経った。

屋敷の縁に面した庭には村の者が三十人ほど集まり、竹籠《たけかご》の準備をしている。幅三寸ほどの帯状の紐《ひも》をつけ、竈《かまど》のある土間に次々と運び込んでいく。

「千草ちゃん、塩が届いとるよ」

「ああ、土間に運んでもろうて」

「ありゃ。今年は一升《いっしょう》でええがか」

「ううん、三升、来とるでしょう。去年の残りがのうなってたもんで、三升に増やした……はず」

「お前ぁさ、頼んだつもりでまた、うっかりか」

「やってまったぁ」

千草が何かしくじったらしく、村の女らと騒いでいる。行儀と愛想に欠ける小娘は、頭も悪かった。囲炉裏端で夕餉《ゆうげ》を取る折も何かを運んでくれば、必ず一つや二つは台所に置き忘れている。

小四郎は縁に腰かけたまま、傍《かたわ》らの権左衛門に訊ねた。

「塩を三升も、何に使うのだ」

「御松茸の漬汁ですがや。漬が千本ともなりましたら、汁の用意もなかなか日数《ひかず》がかかりますでの」

「……まったく。見込みが立たぬうちに注文を受けてしまうとは、事の運び方が逆ではないか。しかも御林で調達できねば商人に持って来させればよいとは、安直な料簡《りょうけん》だ。そんなやり方こそ、ごまかしではないか」

肚に納めたはずの嫌悪がまたぶり返して、語気が強くなる。と、庭にいる村の者らが一瞬、竹籠を抱える手を止めた。権左衛門が煙管《キセル》を煙草盆《たばこ》に置き、土くれた指を口の前にあてる。

「商人云々《うんぬん》は……」

小四郎ははっとして口をつぐんだ。いかに松茸ごときとはいえ、藩士が内情を外で喋《しゃべ》るのは御法度《ごはっと》だ。

「いや、これは出過ぎたことを申しました」と、権左衛門は取り成すように頭を下げた。

「ここにおる者は皆、とうに承知しておりますがや。毎年、収穫を手伝《てつど》うておりますんでな。それはお気に懸けていただくことではありませんがの」

ただ、批判めいた言辞がどう伝わるかはわからぬ、と言いたいようだ。ああ、俺はそんな当たり前の事もわからぬようになっている。

小四郎は苛々《いらいら》していた。

何としても二千本を調達しおおせたい。それで、上役の瀬川や朋輩ら、奉行所じゅうの鼻を明かしてやりたい。一心にそう念じつつ、何の手立ても講じることができないでいる。

「かくなる上は、それがしが御林に入ってみるしかあるまい」

本当は山になど入りたくもないが、毎日、縁に坐って準備を見ているだけでは己が本物の凡庸、無用の者に成り下がるような気がする。すると背後から声が降ってきた。

「素人《しろうと》が山に入っても、何もわかりゃあせんでしょ」

千草だ。こやつ、土間でわめいておったはずなのに、いつのまに。

「素人だと」

「無暗《むやみ》に歩き回ったら、泣きを見るんは榊原様だがに」

大きな前歯を見せて嗤《わら》うと、また台所にとっとと駆けてゆく。

おい、言い捨てかよ。

権左衛門は「山育ちなもので、ご無礼をば」と詫《わ》びたが、たぶん今朝の不覚が原因だ。

間の悪いことに、膝に虫が這《は》い上がってきたのだ。囲炉裏の前に坐って膳《ぜん》を取っていたときのことだ。黒光りする物が見えた途端、手で払い、尻ごと飛びのいた。

「大丈夫かぁ」

心配げな声を出して、千草が覗《のぞ》きに来た。

「だ、大事《だいじ》ない」

すると千草は「榊原様のことなど案じておりゃぁせんわ。蟋蟀《こおろぎ》じゃ」と頰を左右に膨らませた。

「無体《むたい》な仕打ちを受けたなあ。こないに痛めつけられて。足は取れてやせんか、ん、ん」

「痛めつけてなどおらぬっ、払うただけだ。断わりもなく膝の上に乗ってきた、そやつが悪い」

千草は小四郎の言にまるで取り合わず、蟋蟀とやらを掌にのせて撫《な》でる素振りまでした。

「翅《はね》に傷がついとりゃせんか」

こやつ、虫を可愛がっているのか。

気づいた途端、背筋を震えが走った。千草はたぶんそれでますます図に乗って、馬鹿にしてかかってくるのだ。

いや、御松茸御用だ。珍妙な小娘にかかずらわっている場合ではないと、沓脱石《くつぬぎいし》の上に置いた両足を踏み鳴らした。

庭で籠の修理をしていた平作が顔を上げ、誰かに辞儀をしている。

矢橋栄之進だ。相変わらずむさい身形《みなり》で、頭や首筋を掻《か》きながら縁側に近づいてくる。こっちまで痒《かゆ》くなる顔つきだ。

「相変わらず辛気臭い顔つきだの。悪運真っ盛りか」

　脇に腰を下ろし、さっそく厭《いや》な気にさせてくれる。ここはどいつもこいつも、俺の気を損ねる巧者揃《こうしゃぞろ》いだ。

「他人事《ひとごと》のようなおっしゃり方だが、いよいよ注文が参ったのですぞ」

「ご苦労」

「何たる言い草。矢橋殿も、れっきとした御松茸同心ではありませぬか」

「れっきとしたは、恐れ入る」

「毎日、いずこをほっつき歩いておられた」

　この十日というもの、まるで姿を見せなかったのだ。栄之進は村のはずれにある永弘院という寺の離れに間借りしているらしいのだが、平作に様子を窺いに行かせても、いつも首を横に振りながら帰ってきた。

「ほう、知りたいか」

　逐一、はぐらかされて、小四郎は「いや、もう結構」と横を向いた。

「二千本はそれがしが必ずや、手筈をつけてみせます」

　すると矢橋は半身を倒すようにして、権左衛門に問うた。

「二千本か」

「さようで……シロの具合は如何でございましたか」

「まあまあ、であるな。よく白変《はくへん》している場もあれば、不充分な箇所も散見される。何とも言えぬの」

二人は何やら符丁めいた言葉を交わし始めた。またも感じが悪い。小四郎は内心で舌を打ち、庭に目を向けた。

千草が庭を横切り、年寄りが抱え上げた竹籠を受け取っている。いくつも重ねて両脇に抱え、また土間に向かう。束の間もじっとしていない。しかも常に前のめりで、小走りだ。

「生が二千か」

「生が千に、漬が千と伺《うかご》うとりますが」

ところが平作や村の女と言葉を交わすとそれに夢中になり、「あれ、布巾《ふきん》がのうなった」と探し回っている。母、稲の物腰を見て育った小四郎には考えられない迂闊《うかつ》さだ。

でも母上も母上だよなあと、小四郎は膝の上で頬杖《ほおづえ》をついた。

稲は文の中で、鼓の師匠を父上に似てお優しいだの、佇《たたず》まいが風流だのと褒めちぎった挙句、小四郎には「早く届を出してね」との文言を素っ気なく記していただけだったのだ。榊原の家を出て生家に戻る、その次第を藩に正式に手続きをしてくれとの、督促だ。

この忙しい最中にそんなことやってられるかと、稲にまで向かっ腹が立つ。

「榊原様」

身を起こすと、権左衛門と栄之進が両脇からこっちを見ていた。

「何か」

栄之進が目の前で掌をかざして上下に振った。

「来てるか、とうとう。正気か」

「むろん。この榊原小四郎、江戸では冷静沈着、泰然自若《たいぜんじじゃく》で知られております」

「では、その泰然とやらを挫《くじ》きに参ろうとするか」

「は」

「明日、御林に入るぞ」

栄之進は庭の向こうに聳《そび》える山の濃緑を、顎で指した。

山の斜面は初めこそ緩やかであるものの、急に道が険《けわ》しくなった。

振り返ると、谷のごとき低地に上野村の田畑や人家、池や野道が見える。低地と言っても山の中腹を開墾して開いた土地であるらしく、城下よりは遥かに高台になるだろう。そのゆえか黄金に色づく田はまばらで、畠と市松《いちまつ》模様を描いている。

秋草の生《お》う野道の向こうにあるのが、権左衛門の家だ。裏山を従えるかのようなその屋敷から、白く細い煙がたなびいている。漬汁の仕込みとかで、村の女たちと千草が盛んに湯を沸かしていた。その煙だろう。平作は竈《かまど》に大釜を据えたり一斗《いっと》もの水を汲《く》んだりと千草に使われ通しで、走り回っている。まったく、誰の中間なのかわからんじゃないか。

それにしても、息が切れて仕方がない。栄之進は途方もない足の速さで、山の傾斜を大股《おおまた》ですいすいと登るのである。

「さあて、ここからが赤松の御林だ」

小四郎は栄之進に追いついたものの、息を継ぐのもままならない。腿《もも》に手を当ててしばらく肩で大息を吐き、やっとの思いで顔を上げた。

木々の枝が四方から突き出して、鬱蒼《うっそう》としている。秋晴れの真昼だというのに辺りは薄暗く、地面は枯葉色が続く。栄之進が小斧《こおの》で行く手を阻む枝を落としながら進むので、小四郎は肩を並べようと駆け寄った。が、いきなり左腕で阻まれる。

「無闇《むやみ》に歩くな。わしの背後に従《つ》いてきてもらおう」

「私が、素人だからですか」

「いかにも。素人が踏み荒らせば傷物になる」

「私は粗忽者《そこつもの》ではありませぬ。己の足の運び方くらい心得ております」

蔵の中でさんざん採り立ての松茸に触れてきたのだ。あの形、夢にまで出てきてうなされた。よもや見間違って踏んづけたりするものか。

栄之進はどうとも答えぬまま一本の木に近づいて、片膝をついた。といっても、木の根元からは五尺ほども離れている。枯れた松葉を手で払い、しばらくして顔だけで見返って顎をしゃくった。抜き足差し足で近づき、栄之進の背後から首を伸ばす。

「これが頭だ」

栄之進が指で周囲を掻き分けると、こんもりと丸い頭が埋もれている。こうして御林の中で目にすると、土よりも松の幹肌の色に似ているような気がした。

「これが伸びるのを待って採取するわけですか。となれば、まだ日数がかかる」

一日でも早く収穫して納めてしまいたいという気持ちで逸《はや》る。

「いや、地表から伸びたものは傘が開ききっておるゆえ、上納できぬ。地表から半寸ほど頭を出した時分に掘り取るのだ。手を差し入れて根元から押し上げるように採取するが、これがなかなか難しい」

「たった半寸とは、それではほとんど目で判別できぬではありませぬか。これほど枯葉におおわれておるのに」

「蔵の中で何を見ておった。毎日、吐きそうになるほど荷詰めをしてきたのであろう」

栄之進は掻き分けた土や枯葉を、また元に戻している。

「傘の開いた松茸など、一本たりともなかったはずだ」

そういえば、そうだ。どれもずんぐりと、亀の頭のように絞れていた。

「松茸は、四、五分《ぶ》開きまでの物が御松茸となる。軸が肉厚で白く、太く、かつ湿り気を帯びておらねば、風味は格段に落ちるゆえだ」

「であれば、早採りすれば良ろしかろう」

小四郎は打てば響くように案を出したが、栄之進は片眉《かたまゆ》を顰《ひそ》めるだけだ。

「松茸でさらに肝要とされるのは香りだ。芳《かんば》しさだ。が、匂いは傘にある。早採りしても匂いが足りぬゆえ、上納品にはならん。ゆえに収穫はごく短期間に限られる」

「つまり、人手が要る」

「ん。それは権左衛門が差配する。あのじい様は松茸採りの名手だ。手練《てだ》れの者だけをつれてここに入る」

「手練れの者だけ、ということは、一気に人を投入できぬのですか」

「不案内な者が入っても、そう簡単に松茸を見つけられぬ。……それに」

栄之進はその後の言葉を続けることなく立ち上がった。風が吹いて、梢《こずえ》が鳴っている。

「松籟《しょうらい》か」

腰に手を当て、枝々の隙間《すきま》からわずかに覗いた空を見上げている。

「毎年、それがしもこの時季に飽くほど荷を詰めた。それで、さあ、いかなる仕組みを作れば松茸がもっと採れるようになるのかと思案を始めたら、冬の雪に閉ざされる。春を待って、ただただ山を歩き回って考えた。百姓のように肥料をやってみたが上手くいかぬし、何せ、年に一度しか収穫期がない産物だ。わからぬ、わからぬと思うておるうちに、十五度目の秋が来た。まあ、そういうことだ」

「矢橋殿」

無性に苛立って、思わず大きな声が出た。

「それではあまりに腑甲斐《ふがい》ないと、お思いになりませぬのか。毎年、かようなことを続けておっては、そのうち財政にも響くは必定《ひつじょう》」

栄之進は伸びた月代に手を伸ばし、音を立てて掻き始めた。また薄笑いを浮かべている。

「その方、財政を気にしておるのか」

「藩政を私が気に懸けては可笑《おか》しいですか」

「いや……もう手遅れかもしれぬでな」

何が手遅れだというのか。小四郎は栄之進を睨み返した。

「ならば教えてやろう。御松茸御用がいずれ財政に響くわけではない。我が藩は、もう十年以上も前から御用商人を使って体裁《ていさい》を整えてきた。もはや、すでに莫大な借財になっておる。しかも殿は、この事をご存知ない」

「ご存知ない……」

尾張藩はただでさえ前の藩主の派手な政《まつりごと》が祟《たた》り、越後屋《えちごや》などの豪商に十万両の借財がある。その返済にいまだ苦しんでいるのだ。

「なにゆえ内密にしておるのです。一刻も早く申し上げねば、年々、掛かりが嵩《かさ》むばかりではありませぬか」

「初めに内々で処理したのが始まりだ。豊作の年に御用商人を介して江戸の問屋に売ったら、難なく穴埋めできた。尾張は諸国大名の中でも、抽《ぬき》ん出て広大な御林を所有している。ひとたび豊作の年が訪れれば三千本、五千本もの御用を果たしてもまだ充分、売り物があった。……が、この十年の産は漸減の一途だ。しかも一度、進物をした相手には止められぬのが世の習いであろう、贈り先は年々、増えるばかりだ。その御用を果たすうちに密かな買い上げが積もり積もって、五千両もの借財になった」

「五千両もあるのですか」

小四郎の勘を遥かに上回る嵩《かさ》だ。

「今はもっと上回っておろう。江戸への廻送の掛かりは莫大だ」

御松茸は一刻でも早く到着させねば、香りと味が落ちる。つまり量をまとめて発送できぬゆえ、一日のうちに何度も早飛脚を立てることになる。松茸の購入費にその運賃も加算すれば安く見積もっても、毎年、数百両を費やしていることになる。

小四郎は目眩《めまい》がして、額に手をあてた。その場凌《しの》ぎの対応を続けて借財を重ねて、こんなことを続けていたらいずれとんでもないことになる。いや、既になっているではないか。

小四郎は誰もいないはずの御林を見回してから、栄之進に向かって声を低めた。

「殿に事の次第を言上《ごんじょう》すべきです。豊作を云々している時局ではない。まずはこんな無駄な御用を中止することが先決」

栄之進は「何をいまさら」と首を横に振った。

「今になって殿に報告をすれば、何人が腹を切らねばならぬと思う」

「それでも、藩の存亡がかかっております」

「そなた、申すことが大きいのう……その肚の内は何だ。忠義か」

「出世です」

小四郎は迷うことなく、口にした。

「武家の男子として生まれてきたのです。上れるところまで上って、何事かを成し遂げたいと願うのはいけませぬか」

父上のように何を成すこともなく逝くのは真っ平だ。前の藩主の覚えがめでたかったからといって、それが何になる。宗春公が失脚したらたちまち藩政からはじき飛ばされて、ゆらゆらと腑抜けた毎日を送り続けた。

「それがしは、尾張藩の財政も栄誉も取り戻したい」

「大望を抱くはおぬしの勝手だが、わしは知らぬ。巻き込むな」

「結構。ならば、それがし一人で動きます。まずは商人からの買い取りを止め、収穫できた分だけを上納する。この案を御奉行に上申します」

「好きにしろ」

栄之進は気怠《けだる》そうに首を搔く。

「下りるぞ」

そう呟いたかと思うと、もう背を見せる。瞬く間に駆け下り、後ろ姿が木立に紛れた。

山を下りた栄之進は、野道も駆けるように速い。

権左衛門の屋敷に戻る道は見当がつくので、小四郎は何度も休みを取りながら歩いた。野道にぽつんと立つ地蔵尊《じぞうそん》の際で、屈み込んだりもする。

御松茸同心は、山流し。

あの小癪な千草がいつか口にした言葉が何度も渦を巻いて、小四郎は辺りの草を引き抜いては投げた。

土塁を上って裏庭伝いに屋敷に入ると、栄之進は井戸端で諸肌《もろはだ》脱ぎになって躰を拭《ふ》いていた。黙っている。小四郎も黙ったまま釣瓶《つるべ》を落とし、桶に水を汲んだ。山や野の土臭さを落としたくて、顔を洗った。何度も何度も水をすくい、頬や額にぶつける。くそう、こんな所で埋もれてたまるか。何もできぬと諦《あきら》め、己の無力に慣れてたまるか。

手拭《てぬぐ》いで顔を拭いて目を開けると、薄青の空に白い月が出ていた。ああ、もう一日が終わる。山の日暮れは江戸より、尾張の城下よりも早いような気がして、また焦燥がつのりそうになる。

土間に入ると、平作が竈の前に屈んで火吹き竹を使っていた。

「お帰りなさりませ」

小四郎に気づいて腰を上げ、辞儀をする。黙ってうなずき返し、袴《はかま》の土を払ってから板間に上がった。

「よぉ、小四郎。久方ぶりだがや」

三べえが、囲炉裏の前に並んでいた。


庭に村の衆が集まった。

九月二十八日、空にまだ星が残っている明《あけ》六ツである。今日、いよいよ松茸を収穫する。

権左衛門を頭に、十人が皆、白装束《しろしょうぞく》に身を包んでいる。筒袖に裁着袴《たっつけばかま》、鉢巻きの上につけた笠まで白ずくめだ。

「たったこれだけの人数……」

小四郎は不安になって呟いた。今日から三日で二千本を採取しなければならない。不足が出れば、御用商人に頼らざるを得ないのだ。それは断じて避けたかった。

御林の入口に「御松茸札《おまつたけふだ》」が立ち、方々の山廻同心が一挙に参集してものものしい警備を敷いたのは八日前であった。彼らと面識のない小四郎は、権左衛門が役人らと打ち合わせ、それを栄之進に伝えるのをただ見ているしかなかった。栄之進は村役を通じて手筈を整え、権左衛門もしじゅう問い合わせに訪れる村人らに答え、采配を振る。

「山守様、うちの父ちゃんが右腕ぇ上がらんようになってまって」

「ああ、鋸《のこ》を使い通しだったでのう。なら、詰所《つめしょ》建てからはずれるがええと言うてやれ。御役人への茶振舞《ちゃぶるま》いくれぇはできそうがか」

「たぶん。湯呑を運ぶくれぇは、左手でもできるがや」

この時期、村は総出で御用の、周辺の様々を務めるのがしきたりであるらしかった。役人の詰所や番所を設置するにも村の者が駆り出され、毎日、木槌《きづち》や鋸《のこ》を使う音が響いていた。

警備や立ち合いのためだけに訪れる役人の数を減らせば、土地の人手をもっと松茸の採取に回せるであろうに、どこにもそういう発想はない。これでは、と、小四郎は溜息を吐《つ》いた。

小四郎が席を持つ御林奉行所では松茸の数を調えることを何よりの目的とし、そのためには産地の異なる品を密かに混ぜるという手段をも厭《いと》わない。にもかかわらず現地では従来の形式、慣習を営々と守っているのだ。藩邸に内勤の組と山廻同心の組の間にほとんどつながりがなく、各々、己の領分のことしか考えていないからだろう。御松茸御用の歪《いびつ》さは方々に根を張って、ひと思いに引き抜けない手強《てごわ》さがあった。澄んだ朝風が渡り、庭砂をざっと踏み動かす音がした。

「参る」

栄之進が先頭に立ち、権左衛門らが続く。腰に竹籠を一つ、背にもう一つを背負っている。

「小四郎。殿軍《しんがり》を、あんばいよう務めるのだぞ」

瓢箪頭《ひょうたんあたま》の勘兵衛が縁側から声をかけてきた。赤鼻の藤兵衛、そして猪首《いくび》の伝兵衛も胡坐《あぐら》を組んでこっちを見ている。

ああ、もういいから。一々、子供に言いつけるごとき物言いはやめてくれ。

小四郎は聞こえないふりをして、網笠の紐を顎の下で括《くく》り直す。

三べえが突然、この家に訪れた夜、またも騒々しく酒を呑み、口々に語ったものだ。

伝兵衛は江戸で刀を盗まれた咎《とが》で減俸のうえ五十日の逼塞《ひっそく》、勘兵衛と藤兵衛は三十日の逼塞を申し付けられていた。三人は日中、一切、家から出ずに謹慎した後、隠居を申し出たという。それぞれの倅《せがれ》、あるいは娘婿に家督を譲ることが許されるや、三べえは小四郎の役宅を訪ねたらしい。

「そしたら、留守番の婆さんしか居とらんじゃないか。奉行所に問い合わせたら、今は上野だと聞いての。ならば、権左衛門の宅におるに決まっとるがや。ここは一つ、我らも助力してやろまいと、駆けつけたんだわ」

権左衛門は皺深《しわぶか》い目尻を下げて、しみじみとした声を出したものだ。

「いやはや、わしより先にご隠居なさるとは、のう」

小四郎の父、清之介の見知りであると言っていた権左衛門は、三べえとも知らぬ仲ではなかったようだ。その昔、小姓であった父は前の藩主の供をしてこの地に松茸狩に訪れた。三べえも警固で駆り出され、権左衛門に世話になったらしい。以来、秋になると泊まりがけで訪れる年もあったという。むろん松茸と酒が目当てに違いない。三べえはどこででも、誰にでも平気で世話になる。

「それにしても権左衛門、そなたが達者で良かったわ。しばらく無沙汰《ぶさた》しとったもんで、ひょっとしてぽっくり逝っとるんじゃないかと、伝兵衛が道々、案じとったでなぁ」

勘兵衛が酒を呑みながら笑うと、伝兵衛は慌てて猪首を横に振る。

「わしじゃあないがね。藤兵衛がかように言うたがや」

「いや、わしはそろそろ千草の襁褓《むつき》も取れとろうと言うたまで。したら、えろう娘っ子らしゅうなっとって。見紛《みまご》うた」

藤兵衛は千草にまで、べんちゃらを使う。

まったく懲りない面々だと、小四郎は嘆息した。何が助力だ。暇に飽かせて遊山に来ただけではないか。

ただ、三べえは栄之進が御松茸同心であると知ると、なぜか親身な声を出した。

「十五年、お勤めか。……それはご苦労にござる」

「いえ、今は権左衛門の手伝いで、いわば山守の手下です。もはや、何者でもありませぬ」

栄之進は囲炉裏の火を見ながら、小さく辞儀を返したのみだ。

「そういえば」と、権左衛門が声を潜めた。

「この夏、大殿が御下屋敷《おしもやしき》にお移りになりゃあしたそうで」

すると三べえが揃って、居ずまいを正した。

「いかにも」と勘兵衛がうなずき、「わしら、その御行列に行き遭《お》うたのよ、御行列に」と藤兵衛が言った。

「お言葉を賜ってのう」と、伝兵衛はぐすりと語尾を湿らせる。

「わしらのことを、三べえか、と。ほんに魂消《たまげ》たわ。大殿がわしらのような軽輩をご存じよりであったとは、あんまり有難うて嬉しゅうて、あの夜は寝られんかった」

権左衛門が目許をやわらげて、うなずく。

「わしもあの日、千草を伴《ともの》うて町に下りとりましたがや。帰り道にはもう暮れかけて足早に歩いとりましたら、千草がわしを呼び止めましての。振り向いたら、町に小さな灯が仰山、それはたんと灯って。千草が申しましたんだわ。じい様、蛍の群れとるごとくだがや、と」

小四郎は板間に坐っている千草を見た。行灯《あんどん》の傍で白布を手にし、針を使っている。と、千草が微かに顔を上げた。一瞬、目が合うと「べえ」と赤い舌を出すので、小四郎は呆れ返ったものだ。やることなすこと、子供じみている。

「町のお人らが不祝儀提灯を掲げて、大殿に哀悼の意を示しとりゃあしたと、後で耳にしましたがや。……皆、忘れとらんのですなあ。大殿の御恩を。あの、天下一であった尾張の繁華を」

ふとあの日の光景がよみがえって、小四郎は膝を浮かした。三べえに訊ねる。

「もしかしたら、江戸から着到した、あの日の提灯の」

「さよう。あのお方が、大殿だがや」

あの行列の貴人は、前の藩主、徳川宗春公であったのか。

黒漆塗りの駕籠《かご》の中から父の名が出た誉が湧き、しかし同時に苦々しさが過《よ》ぎる。

小四郎は「何ゆえです」と発していた。

「何ゆえ、町の者はいまだに大殿を慕《しと》うておるのです」

宗春公が公儀から蟄居《ちっきょ》を命じられたのは、元文《げんぶん》四年（一七三九）のことだと小四郎は記憶している。

事の発端はそれよりさらに時を遡《さかのぼ》る享保《きょうほう》の頃、公儀は八代将軍、吉宗公の主導によって財政の立て直しを図るため、徹底した倹約政策を取っていた。ところが宗春公はその方針に真向から刃向かうかのごとく、緩和政策を取ったのだ。その成果かどうかは小四郎にはわからぬが、尾張名古屋はかつてない繁栄に沸いた。

が、江戸や上方をもしのぐ大景気は五年で終わり、その奢侈《しゃし》によって藩は三万両近い赤字を抱えたのである。そして宗春公は、公儀から目付《めつけ》役として配されていた家老らによって失脚させられた。名古屋城内の三の丸御殿に幽閉されたのは十五年前、かりにも御三家筆頭の藩主がかような仕儀に至るなど、前代未聞のことだった。

小四郎は江戸から着いた日の景色を思い返した。

そうか、あの日、大殿はとうとう城からも出され、御下屋敷に移されたのだ。たしか、その地は城から遠い最南東のはずだ。

町の者はそれを「都落ち」と悼《いた》み、道中を提灯で照らしたのだろうか。

権左衛門が三べえに酌をしている。

「御下屋敷にお移りになったら、そろそろ蟄居は解かれやぁすのか」

「いや。御生母の墓参《ぼさん》さえ、まだ御許《おゆるし》が出ぬがやと」

「それは、おいたわしい」

すると藤兵衛が、赤鼻の先を指で摘まみながら呟いた。

「町人らのあの灯には、頭が下がる思いじゃった。我ら武家はいまだに、大殿の御名をおおっぴらに口にできぬでの」

「しかし、わしは一日たりとも忘れたことはない。大殿が初めて国入りされたあのお姿たるや、今もくっきりと瞼《まぶた》に焼きつけてあるわ」

伝兵衛が四角い顎を上げて、目をしばたたかせた。

享保十六年（一七三一）、七代藩主として初めて国表に入った宗春公は、浅葱色《あさぎいろ》の頭巾に鼈甲《べっこう》の笠をつけていた。笠の両端は飴《あめ》細工のように巻き上げられた流麗な品であったという。しかも装束は足袋《たび》に至るまで黒ずくめで、駕籠にも乗らず馬に跨《また》がって城下を進んだので、皆、度胆を抜かれたと三べえは語った。

「寺社の参詣《さんけい》の折には、鞍鐙《くらあぶみ》を置いた白牛に乗られての。頭巾に唐人笠《とうじんがさ》、右手には五尺ほどもある長煙管だがや。その先を茶坊主が恭《うやうや》しゅう持ち支えて、殿はその、どえりゃあ長い煙管を悠々と遣いながら行かれるのよ。で、装束は猩々緋《しょうじょうひ》じゃ。まあ、これが眩《まばゆ》いほどの、この世のお人とは思えぬほどの美しさであったがね。夜も城下を盛んに巡られたで、町の者も辻々に思い思いの提灯や掛行灯《かけあんどん》、灯籠《とうろう》を拵《こしら》えて光を灯したものよ。かような殿のお姿を一目、仰ぎてゃあと夜ごとに見物が群れての。皆、これは夢か現《うつつ》か、極楽かと嬉《うれ》しげで、あの頃は誰もが賑《にぎ》やかであっただわ」

「殿の供回りの者も、紅縮緬《べにちりめん》や紅緞子《べにどんす》の装束で工夫を凝らしてのう。小四郎、お前ぁの父も今様《いまよう》の織物の出で立《い》ちで、男でも目が逸《そ》らせぬほど鮮やかであったものよ。わしらにとって、清之介は綺羅星《きらぼし》のごとくじゃった。まこと、きらきらとして」

三べえが面白可笑しく語るので、千草までが手を止めて聞き入っている。

なぜだ。

小四郎はまた苛立ちを覚えた。

たった五年ほど、泡のように湧いて消えた繁栄を、親爺どもはまだ忘れられないのか。風流に傾《かぶ》いて天下に浮かれ太鼓を響かせたその音を、味わい尽くした愉悦を懐かしんで何になる。

毎日をやり過ごせば何とかなる、またいつか、いい夢を見られる日も来よう。定府衆も国の奉行所も、そんなおめでたい空想の虜《とりこ》になって、今、目の前にある難儀を平気で積み残すのだ。

小四郎は生まれてこの方、不景気しか知らない。昔の夢物語など聞かされても、糞《くそ》の役にも立つものか。

山を進むうち朝雲が動いて、木々の枝葉や草の穂が光を帯びる。

白装束の権左衛門が中腹で足を止めたので、小四郎ははっと気を戻した。

跪《ひざまず》いているのが下から見える。皆が倣《なら》って片膝をつき、権左衛門は白壺を手にして酒を辺りに撒《ま》いている。何をしているのだろうと思いながら、最後尾から首を伸ばした。

風に乗って、権左衛門の声が流れてくる。呪文《じゅもん》のように低い声だ。どうやら何かに祈りを捧《ささ》げているようだ。

やがて立ち上がり、振り返って村の者に小声で何かを告げた。一斉に皆が小腰を屈めたかと思うと、銘々が異なる方角に向かった。ある者は東に、ある者は北西へと登っていく。

松緑の中を白装束が一気に散り、駆け飛ぶように動いている。

小四郎はその素早さに言葉を失った。

「皆、己の持ち場に向かっておるのだ」

脇に立つ栄之進が言った。

「持ち場……」

「代々、親から子へと伝えられてきた秘場よ。互いに決して明かすことはない」

「では、数の管理ができぬではありませぬか。一人が二百本ずつ採取して帰れるとは限らぬでしょう」

栄之進はそれには何も答えずに、木の枝をよけながら歩き始める。後に続くと、権左衛門が待っていた。

　権左衛門は迷いもせずに進み、ふいに立ち止まって片膝をつく。屈んで肘を張り、と思えばすぐに半身をよじって竹籠に一本、二本と入れていく。そしてまた動き、屈む。一つ処《ところ》で採るのは精々、三本から四本だが、瞬く間に籠の中の半分ほどが埋まった。

　そのうち、小四郎はあることに気がついた。思いつきで採取しているかのように見えている権左衛門の動きには、法則があるのではないか。そうだ、一本の松樹を中心に、まるで輪を描くように歩いては屈んでいる。

　小四郎は懐から帳面と矢立《やたて》を取り出し、その軌跡を描き留めた。松の木を黒い丸で描き、松茸が生えていた場を白丸で記す。次も、次の採取でも同様に記した。

間違いない。松茸は赤松の根元から離れて、円状に生えている。

「小四郎」

　栄之進にぐいと腕を摑まれた。

「おおっぴらにそれをするな。憶えたいのなら、己の頭の中に刻め」

有無を言わさぬ声音だ。小四郎は渋々、筆と帳面を仕舞った。

仕方なく、権左衛門の動きに注視する。すると権左衛門は岩場にも下りて行く。首を傾げながら従いていくと、また三本、そして五本を籠に入れる。一つ目の籠が一杯になった。栄之進が小四郎の背後に従う中間《ちゅうげん》の平作に指示を飛ばした。

「先に村に下りて、詰所に運んでくれ」

平作は「はい」と応えて、山を駆け下りた。村内の詰所では、城下に走る人足が十数人も待ち構えている。

権左衛門の白い背中を追ううち、小四郎はもう一つ、気がついた。権左衛門は枝々が混み合った薄暗がりではなく、木漏《こも》れ陽《び》が落ちて明るい場を選んで採取している。

二つ目の籠も八分ほど埋まった時、権左衛門が栄之進を呼んだ。何かを話し合っている。ややあって栄之進が振り返った。

「小四郎、来い」

近づくと、権左衛門が片膝を立てたまま後ろに退《さ》がる。

「採りゃあすか」

「は」

「ご自身で採ってみなさるか」

権左衛門は言い換えて、掌で土の上を指し示した。

「よいのか」

「本来、ご家臣の採取は御松茸狩の際でないと、御許が出ませんがや。しかも、何某《なにがし》が何本を頂戴したと報告するが決まりにござります」

「決まりなら破るわけにはいかぬ」

すると栄之進が肩をどんと突いた。

「ほんにお前は堅物よのう。辛気臭うて、青臭い。やれ。やってみぬでは、何もわからぬではないか」

採取場は記録するな、しかし決まりは犯してみよ。栄之進の言うことはいつも支離《しり》滅裂《めつれつ》だ。

だが、気がつけば躰が動いていた。権左衛門のかたわらに進んで、右の膝だけを立てて腰を落とす。

白い手甲《てっこう》をはめた権左衛門の指が、枯葉をよける。

「半寸しか頭を出しとりませんでの。あぁ、そこの松葉をそうっと撫《な》でるようにお払い下さるとええですが」

言われるように手を動かした。そこには丸く、ふくりとした傘が三つ寄り添うように埋まっていた。

「ほんなら、御松茸の周囲の土を掘って。そうそう、なかなか手つきが宜《よろ》しゅうござりますがや。……軸をお摑《つか》みになれるほど手が入りましたら、引っこ抜く。きつく軸を握っては傷みますゆえの。柔らこう、しっかりと」

柔らかくしっかり摑めなど、権左衛門も理屈に合わぬことを指図する。

小四郎は爪の中に土が入り込んでくる感触を気持ち悪いと思いながら、軸を摑んで抜いた。ほんの微かな、手応えともいえぬ感触があった。

「これは見事な、四分開きでござりますな」

小四郎はそれをまじまじと眺め、息を呑んだ。

「白い……」

丸い傘の端が綺麗《きれい》に軸に入っている。その傘の裏側から咽喉許《のどもと》にかけて、純白とも言える白さなのだ。軸には松の樹肌のような瘡《かさ》がある。

あとの二本も手づから採った。三本を松葉の上に並べると、大きさと形が各々異なることがよくわかる。一本は五寸ほどもあり、一本はそれよりさらに大きく、そしてもう一本は根元がつながって二股になっている。役所で詰めた物とはまるで容子《ようす》が違っていて、これが同じ松茸かと見入った。傘の開き方や白さ、軸の曲がりようも不揃いだが、思わず見惚《みと》れてしまう。

「や、やった」

ひとりでに笑みが零《こぼ》れた。

「まこと、別嬪《べっぴん》揃いですなあ」

権左衛門も目尻を下げている。

抜き取ったあとの土中に目をやると、ちぎれた白鬚《しらひげ》のような密集が見えた。

「これが、御松茸の窠《す》にござりますがや」

「窠……まるで生きものだな。草木の類《たぐい》とは思えぬ」

すると権左衛門は頭上の笠を指で上げ、小四郎に目を合わせてきた。

「これは、これは」

「な、何か見当違いのことを申したか」

「いいえ。その昔、同じことをおっしゃったお人がおられましたがや。松茸は草木とは異なるものではないか、と」

小四郎は思いつきを口にのぼせただけであったので、驚いて訊き返した。

「そうなのか。まこと、草木ではない代物なのか」

「さようとも申せますし、申し切れないところもござりますがや」

また、判じ物のような言いようだ。後の言葉を待ったが、権左衛門は穴になったそこに土を戻し、立ち上がった。

「矢橋様、今日はそろそろ下りやぁすか」

「ん」

権左衛門は帰り道もまったく疲れを見せぬ足取りで、栄之進も駆けるように下りて行く。小四郎はその後を懸命に追った。


三日間の採取で、計千本の生松茸を城下に送りおおせた。小四郎はもうそれだけで安堵《あんど》して総身から力が抜けかけているが、まだ漬の千本の納めがある。今日、村の女らが権左衛門宅に集まって、樽に漬け込む段取りだ。

板間には千草と数人の女が坐り、松茸の下処理をしている。なぜか三べえもそこに混じっている。

千草は俯いて、次々と松茸を左右の笊《ざる》に分けていく。上納に適する大きさと形を選《よ》っているらしい。権左衛門と配下の衆は皆、手練れであるので無闇な採取はしないが、それでも虫喰いや傘の開いたもの、軸曲がりが混じっている。土中の形は抜いて初めてわかるものなので致し方ないのだが、千草は容赦なくそれらを撥《は》ねていく。

「かようにしておっては、数が足りぬようになりはすまいか」

小四郎が案ずると、千草はぎろりと目を剝《む》いた。

「そのために皆、余分に採ってきとるんだわ。心配せんでも、ちゃんと間に合わせるがね」

すると三べえは忌々《いまいま》しいことに、「叱《しか》られとる」とからかってくる。

土間に集まった村の女らも喋ったり歌を口ずさんだりと祭のような賑やかさで、そこに一々、三べえが絡むので余計に騒々しい。勘兵衛が松茸の土埃《つちぼこり》を払えば藤兵衛がそれを受け取って石づきを取り、伝兵衛はそれを笊に積んで土間の女らに運んでいる。

「ええ匂いじゃのう。これは塩水を煮詰めとるだけではなかろうも。何べんも火を入れて寝かしとるか、いや、酒も入れとろう」

「藤兵衛様、それ以上の詮索《せんさく》は無用だがに」

千草は品を選りながら、ぴしゃりと言う。

山中といい漬汁の仕込みといい、この村は何かと秘して手の内を明かしたがらない。長年つきあって気心の知れているらしい栄之進もそこには遠慮をしてか、立ち入ろうとしないのである。

御林の産物は一木一草に至るまで、藩の、いや藩主たる尾張徳川家の物ではないか。かような勝手次第を許しておるから、御松茸の収穫を差配できぬのだ。これでは地元の者らの下に置かれているようなものではないか。

「小四郎様、こっちで一杯、おやりなされ。今日は夜なべ仕事になりゃぁすで」

権左衛門に勧められて居間に入ると、栄之進が囲炉裏に網を置いていた。権左衛門の膝のかたわらには、松茸を三本並べた小笊がある。権左衛門はその石づきを小刀で削り落とし、親指の爪を入れるようにして縦に割いた。

「これは今日、小四郎様が採りゃぁした御松茸で」

「納めなかったのか」

と口にしつつ、たしかにこんな二股や傘開きでは桐箱に納められぬと、首をすくめた。

「それにしても、白いな」

割かれた軸の中も、それは艶《つや》のある純白だ。

「掘ってからたった一日経っても、この白は損なわれますでな。日に日に、薄茶を帯びていきますがや」

権左衛門はもう一度縦に割いて、四分の一にしたものを網にのせる。あとの二本も同様にして焼き始めた。軸はまるで太糸を密に合わせたように縦の筋がくっきりとしており、薪の火を受けて端が反り、小さな焦げ目がついていく。想像以上に水気を含んでいるのか、ところどころが小さな泡を生じ、はじける。権左衛門は頃合いを見て手を伸ばし、素手で向きを変えては盃を口に運ぶ。

「はい、これ」

千草が盆を持ってきて、立ったまま差し出した。盆を受け取ると、小皿が三枚のっている。

「醬油と塩」

千草は早口でそれだけを告げると、またくるりと背を向けて板間に戻る。

「さ、焼けましたがや」

権左衛門に勧められて、小四郎は迷った。栄之進は知らぬ顔をして呑んでいる。いつのまにか三べえが傍に来ていて、順に囃《はや》し立てる。

「上納品から撥《は》ねた物は、役得ぞ」

「いけない物ほど旨い、旨い」

「要らぬなら、わしがもろうてやるまい。ん、ん」

とにもかくにも二千本の御用は果たせた。久しぶりに味わう達成感が、ごくりと生《なま》唾《つば》を呑み下させる。いや、そんなことはどうでもいい。俺はたぶん、喰いたい。そう、己の手で掘り取った御松茸を喰ってみたい。

「では、御免《ごめん》」

頭からかぶりつくと、しゃきりと音がした。熱い汁が舌を焼くが、そのまま咀嚼《そしゃく》する。七年ものの漬松茸とは段違いの歯応えだ。

何なんだ、これ。

思わず目を閉じた。味はよくわからない。だが、嚙むたびに秋の山の匂いが口の中に広がる。まるで、香りを束ねて喰らっている感覚だ。歯触りも、他のどんな喰い物にも似ていない。

小四郎は上《うえ》つ方《かた》がかくもこの茸を求める心が、少しわかるような気がした。

「おお、堅物のきゃた郎が喰っとるぞ、御法度《ごはっと》を破っとるぞ」

三べえが手を叩いてはしゃぐが、小四郎は取り合わずにまた網の上に箸《はし》を伸ばす。次を口に入れる。気づくと、皆がこっちを見ていた。こんなに大勢の者に見つめられるのは初めてだった。揃って、得意げな笑みを浮かべている。

「どうじゃ、旨かろう。上野御林の松茸の旨さを思い知ったろう」

誰も彼もが眉を上げ、ぐいぐいと煽《あお》ってくるような気がした。

小四郎はひたすら喰って、唸った。酒までやたらと旨くて、気がつけば何杯呑んだかわからなくなっていた。

「俺はぁ、こんな山流しの身に甘んじませぬ。何なんですか、毎年、御松茸騒動で借財を増やして、愚の骨頂ではありませぬか。……いや、皆、馬鹿だから俺を使いこなせぬのだ。知ってんだろうか、江戸で尾張が何と侮られておるか。しなびた尾張大根だぞ。だ、い、こ、ん。って、御大根が揃って御松茸に夢中ってか。はい、はい、皆、おめでたい。鼓を打って、ポポンがポンッだ。って、まったく。水戸も紀州も避けて加賀ってか。やるじゃねえか、なあ。母上は。自分だけずんずん先に行っちまって。何だよ、俺は置き去りか。はん、どんな文を返せと言うのだ。返事の書きようなんぞないじゃないか。……わっかりましたぁ、この榊原小四郎は辛気臭いでぇす、青臭いでぇす、ついでに近頃は足も臭う。いいんですよぉ、何と謗《そし》られようが侮られようが、やるときはやりますから。はい、この才知を活かしてきっと、藩政に打って出ますから。どいつもこいつも、憶えてやがれ」

言葉が口の中で転がって、妙に唾が湧いてくる。顎が重い。頭が揺れる。

「如何なさいました」

声がするが、瞼を開けていられない。

「だれ、あんた」

「平作です。中間の」

「ちゅうげんって」

「詰所から、只今、戻ってまいりましたがに」

「蟹《かに》がどうしたッ」

辺りがまた騒々しいが、小四郎は怒鳴りつけてやった。

静かにしろいッ。

「こいつ、立て続けに呑んでおったの」

「まだ一升は呑んどらんだろうが。だちかんのう」

「放っとけ。そのうち勝手に潰《つぶ》れるがや」

おっさんの濁声《だみごえ》が頭の上で渦を巻く。

三べえだ。そう気づいた途端、気持ちが悪くなった。吐きそうだ。生唾を何度も呑み込みながら立ち上がろうと思うが、膝を動かすのさえ億劫《おっくう》だ。

「畏れながら、御奉行所の尾田様より追加の注文をお預かりして参りました」

小四郎は懸命に平静を取り戻す。うっすらと片目を開けた。

「ついか……そんな奴、いたっけか」

「平作、それがしに見せてみろ」

囲炉裏の向こうで、胡散臭《うさんくさ》い髭面《ひげづら》の傍で若い男が膝を畳み、何かを差し出している。

「……ん、江戸藩邸の奥から追加の御所望だ。御機嫌伺用《ごきげんうかがいよう》の上物《じょうもの》、追加で八百本。小四郎、おい、聞こえたか」

じょうものをついかで、はっぴゃっぽん。
何だ、それ。
小四郎は何かに吸い込まれるように目を閉じ、仰向けに倒れた。

第四章

宝暦七年（一七五七）、小四郎は二十二歳になった。

上野御林の山守、山本権左衛門の屋敷に寄寓《きぐう》するようになって、もう三年になる。

六畳の客間の窓辺に文机を置き、障子越しに桜が咲いたかと思ったら、いつのまにか散っていた。蟬の声を聞くようになれば庭の木々の影も濃くなり、そして今年もまもなく御松茸御用の季節を迎える。千草と平作が庭で村の者らと共に、竹籠の準備をしている声が聞こえる。

小四郎は筆を措《お》いて、また腕を組んだ。

数箇月に一度は奉行所に顔を出すものの、そこに小四郎の机はない。役宅には留守番の婆さんを置いたきりであったが、昨年、その婆さんが死んで、今は時折、三べえが風を入れ替えに訪れてくれているようだ。

三年前、八月、九月と御松茸御用で藩を挙げて大騒ぎをした後、川に霧が立つようになると誰も松茸のことを口にしなくなった。ことに御林奉行所は治山治水《ちざんちすい》が主たる役目であるので、内勤の者もふだんはその仕事に取り組んでいる。小四郎だけが手持無沙汰《ぶさた》であった。

いや、頭の中では一心に考えていたのだ。いかにして、御松茸を豊作にするか。毎年の出来を安定させられるか、と。

だが、浮かぶのは、初めて喰った焼き松茸の旨さだった。不思議なことに、思い出すたび恋しくなるのである。飽くほど喰えぬ稀少《きしょう》なもののゆえなのか、それとも掘り立ての新鮮さゆえか、いや、三べえが口にしていたように御許を得ずに口にした禁断の「いけない味」であったからなのか、小四郎はまだ解明できぬままだ。

十月も半ばのある日、上席手代の瀬川に呼ばれた折も、筆を持ちながら松茸の歯ごたえを思い出していた。廊下を歩きながら、よもやあの所業がばれたのではあるまいなと、冷や汗を掻《か》いたものだ。恐る恐る部屋を訪ねると、妙なことを訊《たず》ねられた。

「その方、書庫から書物を持ち出しておらぬか」

「書物……でございますか。いえ、それがしはずっと上野御林に詰めておりましたゆえ、書庫には立ち入っておりませぬ」

と言いながら、何かが引っ掛かる。ふいに薄暗い棚の列を思い出した。そういえば、一冊、持ち出したような気がする。そうだ、蔵で荷詰めにかかる前、まだ着任してまもない頃だ。

はて、あれをどうしただろう。

まるで思い出せなかった。書庫に返したような気もするし、役宅に持って帰ったような、いや、上野の権左衛門宅に赴く際の荷に入れたかもしれない。

小四郎ッ。いったいどうした。己を叱咤《しった》すれども、すっぽりと記憶が抜け落ちている。こんなへま、かつてなかったことだ。

己の血の気が引く音が外に洩《も》れたような気がして、とっさに瀬川から顔をそむけた。今、口を開けば白状してしまいそうだった。

「如何《いかが》した。やけに顔色が悪い」

「は。少し風邪の気味が」

空咳《からせき》を落としてみたが、こんな時に限って元気そうな音が出る。瀬川は「ふむ」と探るような目つきだ。

「まあ、そなたがかかわっておらぬのなら安堵《あんど》したが、先月、ちと、由々《ゆゆ》しき事態が出来《しゅったい》いたしたのよ」

「由々しき事態、でございますか」

「あの書庫には、焼却処分と決まった書を集めた棚があったらしい。ところがその中の一冊が足りぬと、御書物同心《おしょもつどうしん》から内々の問い合わせがあっての。書庫番も調べを受けたところ、どうやら若い藩士が持ち出した形跡がある。書庫番が申すには、貸出帳に名を記してくれと頼んだのにその者は急いでおると強弁し、逃げるように立ち去ったらしい」

小四郎は正坐の袴《はかま》を握りしめそうになった。あんの野郎ぅ。己が早う勤めを上がりたくて、記帳は要らぬと俺を追い立てたのではないか。

そのやりとりを今になって思い出したが、借りた書に一度も目を通さぬまま返すのを失念していた。それは自身のしくじりである。

が、一冊の書を返し忘れていただけのこと、大した御咎《おとがめ》を受ける所業でもないと、考えを巡らせる。ここはすんなりと白状しておいた方が賢明か。

思いついて、まずは探りを入れてみた。

「御上席。焼却処分の書とは、それはいかなる物でござりますか」

「その方が関知することではないが、どうやら大殿の命で集められた書物であるようだ」

瀬川は「大殿」の四文字をひときわ潜めて口にした。

「何ゆえその書物を焼かれます」

「もはや御下屋敷にお移りになった御身《おんみ》じゃ。書の数々も城内に留《とど》めるに及ばず。まあ、御家老の御裁断であろう。御公儀の耳にひょっと入らば、またいかなる難癖をつけられるやもしれんでのう。君子、危うしだ」

いや、それは省略のし過ぎで恐ろしい意味になる。この上役も馬鹿だろうと思っていたら、あんのじょうだ。

「とにもかくにも、我が配下から咎人を出さずに済んで安堵いたしたした」

瀬川は早口で、まるで「白状いたすな」とでも言いたげな口振りになった。

そういうことか。可愛くもない配下の火の粉を被《かぶ》るなど、勘弁してくれということか。

そして、「その方は上野御林に常駐いたし、御松茸に専念せよ」と、軽く言い渡されたのである。要は「出勤するに及ばず」で、厄介払いも同然だ。栄之進もおそらくこの手でやられたのだろうと思った。

小四郎は今、その理由が「借りた書物云々《うんぬん》」ではなかったのだろうと察している。御松茸同心として初めて御用を務めたあの秋、追加の注文に応えられなかったのが、おそらく上の不興を買ったに違いない。

その注文が平作によってもたらされた夜は不覚にもしたたかに酔ってしまい、翌朝、ひどい吐き気と頭痛を抱えながら追加の件を聞かされた。

「上物八百本。……権左衛門、用意できるか」

権左衛門は即座に「否」を唱えたものだ。

「まだ蕾《つぼみ》の物には手出しをしておりませんだで山に残ってはおりまするが、二百がやっとでござりましょう」

「そんな……」

すると栄之進も前夜、泊まったのか、囲炉裏端で房楊枝《ふさようじ》を遣いながら首を横に振った。

「無理だと答えるしかあるまい。植田御林はすでに時季が終わっておるし、黒岩は同時季だが今年はここより遥かに不作だ」

「ですが無理だと答えれば、また商人に頼りましょう」

「それは上役も織り込み済みではないのか。自前の調達が無理であっても、江戸で要る物は要るのだ。まして商人は方々の山に伝手《つて》を持っておるゆえ、御用となればたちまち形と大きさを揃《そろ》えて納めてくる」

小四郎は為《な》す術《すべ》もなく、二百本しか調達できぬと返答の文をしたためた。頭の中がずきんずきんと音を立て、墨の匂いを嗅《か》いでも吐きそうで、いつものように推敲《すいこう》をできなかった。役所の文書には相応の作法があり、どこからも突かれぬように言葉の駆け引きをせねばならない。

小四郎はそれをせぬまま城下に送った。

あれだ。あの対応で不興を買って、俺は軸曲がりの松茸が撥《は》ねられるように追われた。

小四郎は腕組みを解き、机の上に置いた帳面に再び目を戻した。

黒丸を中心にして、小さな白丸が点在している。黒丸は赤松、白丸は権左衛門が松茸を採取した場所だ。山中でそれを記すことは栄之進に禁じられたので、小四郎は毎年、憶えられる限りを憶え、この屋敷に戻ってから密かに記してきた。

三度の秋を経て、わかったことが少しある。白丸、つまり松茸が生える位置は松の根とかかわりがあるらしいということだ。それは書庫から持ち出したまま返す機会を永遠に失ってしまった、あの無題の書を読んで気づいたことだった。

件《くだん》の書は上席の瀬川から詰問を受けたその日に役宅じゅうを探したが、見つからなかった。権左衛門宅に置いたままになっていた行李《こうり》の中に見つけてほっとしたのも束の間、たちまち暗澹《あんたん》となったものだ。

大殿にかかわりのある書を持っているなど、まして本来ならとうに焼かれてこの世からなくなっているはずの物を持っているなど、とんでもなく厄介だ。毛虫に触ったかのような悪寒が走って、小四郎はそれを放り出した。

ぱさりと音がして、畳の上に落ちた。

それを睨むうち、これは焼いてしまわねばならんだろうと思った。

権左衛門と千草が村役の家に招かれて出払った隙《すき》を見て、小四郎は庭に降り立った。

　そして、火にくべる寸前にちらりと表紙をめくってしまったのである。気がつけばそのまま読み耽《ふけ》っていた。いや、耽るというほど何かを論じているものではない。日記でもない。

　奇妙な書だった。書物と言い条、題や書き手の名すら記されていない。書肆《しょし》から板《はん》行《こう》されたものではなく、誰かの覚書であるようだった。矢立を用いて走り書きしたものか、判別しにくい文字も多い。いずれ清書をするつもりであったのだろう。本人にしかわからぬような数行が脈絡なく記されている箇所もある。

　なぜこんなものをわざわざ書庫に納めたのだろう。しかも大殿のお命で集められた書の棚にあったとは、整理違いを起こしたとしか考えられない。宗春公の御目に留まる価値のある覚書だとは、到底、思えぬ代物なのだ。

　けれど、小四郎はそれを焼かなかった。妙に気になる絵があったからだ。

　この客間には己一人しかいないのはわかっていながら、小四郎はいつも辺りを窺《うかが》ってからそれを取り出す。今日も同様にして、帳面の下に置いた覚書をそっと開いた。

　紙を繰り、くだんの絵のところで手を止めた。上手くも下手でもない走り書きや図が連なっている中で、その絵だけは突出した迫力がある。自身でも風流に縁が遠いと思う小四郎が目を逸らせなくなるほど、他の図とは筆遣いが異なっているのだ。墨の濃淡、肥瘦《ひそう》のある線によって、それが松樹で、しかも赤松であることが知れた。地表から半身を出した松茸が描いてあるからである。

しかも鳥が空から斜めに見たような構図なので、赤松を中心に大きな輪を描くように生えているのがよくわかる。

図には文章がついておらず、「天狗《てんぐ》の土俵」とだけ添え書きがあった。松の幹を中心点とすると、松茸は大きく輪を描くように生えているので、天狗が相撲をとる土俵に見立てたのだろうか。この字も他の箇所とは異なっていて、雄渾《ゆうこん》な筆致だ。

以来、その天狗の二文字を目にするたび、小四郎は山中での権左衛門と村の衆の姿を重ね合わせてしまう。御松茸御用で山の中を飛ぶように動く白装束の彼らは、まさに白天狗のごとくだ。

小四郎はその覚書の絵と、己が記してきた記録の図とを並べて見比べる。もう何年もそうやって、思考を続けてきた。生え方が合致しているのは明らかだ。権左衛門らが栄之進にも記録を憚《はばか》らせてきた松茸の生息地を、絵は正確に写している。

それにしても。この描き手は一体、誰なのだろう。

大殿が藩主であった時代に御松茸狩の御供をした、御林奉行所の者だろうか。いや、年に一度、山に入ったくらいでこれがわかるはずもない。

小四郎はまた気が逸れたことに気づいて、考えを元に戻す。

この生え方の法則は何を意味しているのか。

そこを繙《ひもと》けば、豊作不作の因にかかわる何かに辿《たど》り着けるかもしれない。無性にそんな気がしていた。しかし、そこから先に論が進まない。わからないのだ。山の中は、わからぬことが多過ぎる。

「平作どん、ここに置いといた竹筒、知らぬかぁ」

庭で千草が大声を出しているのが聞こえた。また探し物をしているらしい。

「ああ、あったあった。何で釜《かま》の上にのせたがやろ」

己のしくじりを笑っている。まったく、うるさい奴だ。

小四郎は立ち上がって部屋を出て、囲炉裏を切った居間を通り抜けて縁側に出た。

「大丈夫だがに。こんまい頃から隅々まで知り尽くしとる。お前ぁは仕事を続けぬと、また叱《しか》られるでしょう、きゃた郎に」

思わず、舌打ちをした。三べえが時々、「生真面目、堅物のきゃた郎」だと、からかうのだ。千草はその言いようをちゃっかり取り入れてしまった。

平作までが竹籠を抱えたまま半笑いを浮かべているが、小四郎と目が合うとばつが悪そうに首をすくめる。小四郎は大きな咳払いを落としてやった。

「何だ、何の騒ぎだ」

「へえ。千草さんが一人で山に入ると言いなさるんで、供をしますと申しとったんですがや」

「山……御林にはおなごは入れないはずだろう」

「御林じゃないがに。そこの、裏山だわね」

千草はまた平作を見下ろして口を尖《とが》らせる。

「んもう、だからさっさと行って来ようと思うたに。お前ぁがごちゃごちゃ言うから、また眉間《みけん》を寄せとろうが、きゃた郎が」

千草はますます小癪である。小四郎は相手にするのも馬鹿らしくなって辺りを見回した。

「権左衛門はどうした」

「村の寄合じゃ」

「矢橋殿は」

栄之進は毎日のようにこの屋敷に泊まることがあるかと思えば、十日もふっつりと姿を見せないことがある。

「山廻りじゃろう。じい様の代わりに、いろいろ引き受けてくれとるもんで助かるわ」

村で御山守と呼ばれて重んじられている権左衛門は、想像以上に広範な任務を担っていた。

九月から十月にかけての御松茸御用はむろんのこと、奉行所との連携で苗木の手入れや春秋の枝下ろしを差配し、十二月には城に飾る門松《かどまつ》まで作って納めている。

そして七、八月は村の衆が総出で草叢《くさむら》に入り、虫を獲《と》る。城内で「虫聞き」という行事が行なわれるのに合わせて、松虫や鈴虫を捕獲して献上するのだ。千草などは虫を摑《つか》んで手の甲にのせ、「豪勢に鳴いといでよぉ」と話しかけていた。

虫を手摑みにして楽しげに笑うなど、あり得ない。しかしわずかでも謝金が出るからか、村の衆も手慣れているようで、平作など何匹も鷲摑《わしづか》みにして虫籠《むしかご》に移していた。以来、小四郎は虫獲りの日には客間を閉め切って、一歩も外に出ないようにしている。

権左衛門はその合間に田畑を任せている小作百姓を取り仕切り、祭の采配《さいはい》を振り、村の揉《も》め事の仲裁もしている。ゆえに山の見廻りは年寄りにはきついと、栄之進に頼んでいるようだ。が、権左衛門は栄之進に仕事を与えているのではないかと小四郎は察している。山流しに遭って為す術もなかった栄之進は権左衛門に山を教えられ、村の衆に添うようにして暮らしているのだ。

武士たる者が、何という意気地のなさだろう。

小四郎は栄之進を見るといつも憮然となる。そして焦る。

御松茸同心になって早や三年を過ぎたというのに、豊作にする手立てをまだ見出せないでいる。このまま己も栄之進のようになってしまうのではないかという不穏な予感を、いつも必死で払い除《の》けていた。

千草は手甲《てっこう》、脚絆《きゃはん》をつけ、半身を後ろに倒すようにして籠を背負っている。

小四郎はふいに思いついた。

「裏山に赤松はあるか」

「雑木に混じって何本かはあるが、松茸にはまだ早いがや」

「早いから良いのだ」

千草は首だけで見返って「はぁん」と尻上がりに漏らすが、小四郎は沓脱石《くつぬぎいし》の上にさっと足を下ろした。

「俺が供をしてやる」

「供など要らんと言うとるでしょう」

「おなごが一人で山に入るのはいかんだろう。そなたが、えて公のごとく知り尽くした裏山であっても、だ」

「足手まといだがや」

千草が地団太を踏んで抗弁するが、小四郎は取り合わずに庭を出た。

秋とはいえ陽射しが眩《まぶ》しくて、小四郎は度々、目を細めた。

裏山の木々はもう黄や赤に色づいて、風が吹くたび様々な色が散る。山道は土肌が見えるほどで、御林より遥かに足を運びやすい。前を行く千草の肩や背負った籠が陽を受け、首筋を伝う汗まで見える。

「あ、かけす」

「あとりも来とる」

千草は時折、立ち止まっては呟く。空や木々の梢を見上げては耳を澄ますのだ。虫を可愛がる千草は、鳥にも親しげな声を出す。と思えば行く手に何かを見つけては駆け、手を伸ばしたり屈んだりと、大層、忙しい。しかも動きの一々が素早い。

山の中だと、いちだんと落ち着きをなくす奴だな。

小四郎は半ば呆《あき》れながら、後ろを従《つ》いていく。千草はしばらく黙って登っていたが、ふいに右の斜面に大きく片足を踏み出した。大きな木の幹に躰《からだ》を押しつけ、右手を伸ばしている。と、瞬く間に薄紫色の実を手にして山道に降り立つ。ひょいと背の籠にそれを入れると、今度は左手の木に巻きついた蔓《つる》を小刀で切り取る。道際に落ちている実を拾い、木の根方《ねがた》に生えている奇妙な形の茸《きのこ》を摘む。

やがて見晴らしのきく林に着いた。赤松らしき樹姿はなく、どれも雑木《ぞうき》の類に見てとれる。

千草は籠を背から下ろすと、径が四尺もありそうな切株に腰を下ろした。竹筒を口に当てて水を飲んでいる。小四郎も切株の端に尻をのせ、籠の中を覗《のぞ》いた。木々の緑葉、黄葉に混じって、様々な色形の木の実が入れられている。

すると、千草が「あけびだがや」と言った。

「え、どれだ」

「薄紫の。ふぐりみたいな形をしとる奴」

「ふぐり……」

小四郎はその実の形をたしかめて、咽喉《のど》が詰まりそうになった。ふぐりとは、男の陰嚢《いんのう》のことだ。不覚にも、顔が赫《あか》くなる。

が、千草は平気で言葉を継ぐ。

「あとは、山の芋のむかご、茸はやぶたけにひらたけ、ならたけ。今夜は茸飯だがや」

自慢げに鼻の穴を膨らませるが、権左衛門宅では秋は毎日が茸だ。朝は茸汁に夕は茸粥《きのこがゆ》。毎日、いろんな茸を使っているらしいが、小四郎には区別がつかない。初めて喰った焼き松茸の旨さが過ぎて、しかもあれ以来、やれ「長雨だ」、やれ「冷えが」とますます不作で、生の松茸は口にできていないのだ。

「掌」

「え」

「掌を出しなされ」

言われるままに差し出すと、つっけんどんに「両手」と言う。

「両の手で、まっと、こう、すぼめて。でないと受けられんでしょう」

竹筒を出して怒っている。どうやら水を恵んでくれる肚《はら》であるらしいと気がついて、両手を合わせて椀のように丸めた。そこに千草は水を気前よく注いだ。

「いや、そうも要らぬ。そなたの分がなくなろう」

「つべこべ言うとらんと、ほれ、しっかり受けんといかんわ」

なみなみと揺れるそれに口を近づけ、肘も持ち上げて小四郎は飲んだ。咽喉から躰じゅうに浸みわたる。水がかほどに甘いものだと、初めて知った。

「尾張は山がええで、水もええんだわ」

「まことに」

思わずうなずくと、千草は大きな前歯をにゅっと見せた。切株に尻を置き直して辺りを見渡すと、林床《りんしょう》までが晴れ晴れとしている。

「この山は随分と明るいな」

「そりゃあ。ここは村の衆の立ち入りが許されとるだで。こまめに下枝を刈っとるがや」

「明るくするためか」

「逆。下枝を刈るから明るうなる」

「では、何のために刈っている」

「そりゃぁ、使うためだわ。竈《かまど》や囲炉裏に火を入れるのに、焚《た》きつけが要るでしょう。小四郎様は火が勝手に熾《お》きるとでも思うておりゃぁすか。ほんなこと、あり得ぇせんて。……お侍はこれだから、もう」

「さようなことは承知しておる」

つい、むきになった。と、千草が「し」と口の前で人差し指を立てた。小四郎の肩越しに目をやっている。振り向くと、小さな生きものが動いていた。

「な、何やつだ」

「山の栗鼠《りす》だがや」

なるほど、あれが栗鼠か。何度か山の麓《ふもと》で出会ったことがあるような気もするが、気にも留めていなかった。

栗鼠は小刻みに太い尾を振り、懸命に土を掘っているように見える。動きのすべてが小刻みで、せっせと忙しない。

「何をしている、あやつは」

「どんぐりを埋めとるんでしょう。この山は櫟《くぬぎ》が仰山あるゆえ」

「櫟とどんぐりに何のかかわりがある」

「あっらぁ」

溜息《ためいき》を吐きながら、妙な笑い方をする。

「どんぐりはぁ、櫟や楢《なら》、樫《かし》や柏木《かしわぎ》の実のことだがに。栗鼠はそれを拾って喰う。私らが麦を喰うのと一緒」

「土を掘ってるじゃないか。も、もしや、虫も喰うのか」

「あれは、冬越えのためにどんぐりを埋めて貯《たくわ》えとるのよ」

「まさか。そんな謀《はかりごと》ができるものか、あんな小さな獣に」

束の間、栗鼠がきょとりと顔を動かし、走り去ってしまった。

「そりゃぁ、生き抜くためじゃもの。知恵を使やぁ、謀も巡らすでしょう。皆、漫然と暮らしとったら、たちまち飢えてまうがに」

そう言いながら千草は立ち上がって、栗鼠が土を掘り返していた辺りに移った。小四郎も近寄って、半身を屈めてみる。千草は「ほれ」と、穴の中を指した。たしかに、ころんと丸い木の実がいくつも入っていた。千草は枯葉を集め、そこを埋め戻した。

「それにしても、栗鼠はこの場をいかにして憶えるのだろう」

「ううん、時々、忘れるがや」

千草はくすりと頬を緩めた。

「栗鼠はちっとばかりお馬鹿さんじゃから、どこに埋めたかを忘れてまう」

「ほう、お馬鹿さん、か」

小四郎は噴き出しそうになるのを堪えて、真顔を作る。

しじゅう忘れ物をして騒いでいる当の本人が「お馬鹿さん」とは、こいつは傑作。

「いや、待て。何ゆえ、栗鼠が忘れたと断言できる」

そなたが置き忘れた布巾や笠は、しじゅう平作が見つけているが。

「春になったら山の方々に、櫟や樫の芽が出とるでしょう。それが忘れた証だがや。考えてもみとりゃあせ。木はその場から一寸たりとも動けんのよ。なのに遠く離れた場で芽を出せるんは、己の子を生きものに運ばせとるからよ。豊作と不作を繰り返すんも、さだめし木々の知恵じゃと、じい様が言うとりゃあしたに」

豊作、不作を繰り返す……。

松茸と同じではないか。

「木々の知恵とは、どういうことだ」

血相を変えているのが、己でもわかった。千草は口を尖らせて小四郎を見返し、渋々と口を開く。

「豊作を続けたらどんぐりを食べて生きとる獣が、無闇《むやみ》に増えてまうでしょう。大勢に寄ってたかられたら、秋のうちに食べ尽くされてまう。そしたら、子や孫を残せんが。で、数年おきにわざと実の生りを減らしとるんやて」

一瞬でも、こんな小娘の話に気乗りを見せた己が馬鹿だった。そもそも、赤松をまるで見かけぬではないか。松茸が生る前の根方をじっくり見分すれば何か取っ掛かりが掴めるかと思いついたのに、とんだ無駄足だった。

「荒唐無稽《こうとうむけい》だ。櫟や樫は木だぞ。ただの木。獣はまだしも、木々がかほどの知恵を持っておるものか。それはな、幼子《おさなご》に話して聞かせる御伽噺《おとぎばなし》だ。はっ、そなた、子供だましの絵空事を教えられて、いまだに信じておるのか」

「絵空事なんぞじゃないがに。どんな草木も知恵を持っとる。自らは動けんゆえ、各々がしのぎを削って子孫を残すんだがや。鳥や虫、栗鼠や猪に実や蜜《みつ》を与えて、その代わり子孫を運ばせとるのよ」

「それじゃあ、まるで人の振舞いと同じじゃないか。荷を預けて尾張から江戸に運ばせる、その代価を払う」

すると千草は掌を叩《たた》きながら、ひょいと立ち上がった。剣呑《けんのん》な目をして睨《にら》みつけている。

「逆様《さかさま》だがや。そもそも、人が草木の振舞いを真似とるんだろう。やけに威張っとるけど、この世から草木が無《の》うなったら一日たりとも生きてはいけぬのは人でしょう。お侍も町人も百姓も皆、草木を喰い、身にまとい、住んどるがや。……ううん、人は欲が深いゆえ、草木の真似だけに留まっておられんのだわね。程《ほど》を忘れてもっと欲しい、もっと喰いたいと、採り尽くして。栗鼠みたいに蓄財をよう忘れんから、性質《たち》が悪いんだわ」

その言いようは「侍は欲が深い」と聞こえた。

「じゃあ、松茸の不作も松樹の知恵だと言いたいのか。子孫が人に収穫され尽くされぬようにと、赤松が謀を巡らせておるのか。なるほど、よくできた作り話だ。うっかり信じたくなる」

呆れて鼻を鳴らすと、千草は首を横に振った。

「松茸は赤松の子じゃないがね。松の種は翼を持って、風に運んでもろうとる」

小四郎は思わず、背を立てた。

松茸は草木とは異なるもの。が、栗鼠や鳥のような生きものでもない。

いつか山中で、権左衛門とやりとりしたことを思い返す。松茸は「草木ではない代物なのか」と訊ねると、権左衛門はこう答えた。

――さようとも申せますし、申し切れないところもござりますがや。

依然として松茸の正体がわからぬままで、しかも謎が増えた。

松茸と松のかかわりとは、いったい何なんだ。親子でないなら縁戚か、それとも赤の他人なのか。

と、木々の枝の向こう側に見覚えのあるものが見えたような気がした。近づくと、間違いない、鱗《うろこ》のような幹肌は赤松だ。枯葉や枯枝を踏みしだきながら根方の傍に立つ。そこは切り立ったような急な斜面で、滑らぬように足の親指に力を籠《こ》めた。

頭の中に、あの「天狗の土俵」を思い浮かべて辺りを見渡す。

根元から一間《けん》、いや二間は離れている場を輪状に巡ってみようと足を踏み出した時、爪先が何かに当たって躰が泳いだ。

あ。

咄嗟《とっさ》に幹にしがみつき、両の足で踏ん張る。足の裏にごつりとした感触があって、ようやく体勢を立て直した。千草が山道の上から、皮肉って寄越した。

「松の根に躓《つまず》くとは、ほんに、きゃた郎様は躰まで硬《かと》うておられやすな」

「松の根か、これは」

小四郎は足元から伸びるそれを見下ろした。ごくりと咽喉を鳴らす。松の根が放射状に伸びているさまが目に浮かんだ。

もしや、松茸は松の根が伸びている場に生えるのではないか。

見当をつけて、根が伸びているであろう場に下りてみる。すると、土が白く変色している箇所があった。

屈み込んで目を近づけると、白黴《しろかび》のようだ。三年前、権左衛門に導かれて初めて松茸を採った時、その根の辺りにもこんな白変があった。

いつのまにか千草が背後に来ていて、小さく口を動かした。

「シロ……」

小四郎ははっとして、訊き返した。

「今、シロと申したか」

すると千草は掌で口許をおおう。

シロ、その符丁のような言葉に憶えがある。いつだったろう、そうだ、初めての収穫の前、権左衛門と栄之進がそんな言葉を使って御林の様子を話していた。

「教えてくれ。この、黴みたいなものがシロなのか。これが松茸の生え方と何か、つながりがあるんだな」

千草はそれでも黙して、答えない。

「ここで見つけたことは誰にも話さぬ。それが村の掟《おきて》であることは、俺も承知している」

そしてシロは松茸が生える予兆のようなものなのだろうと小四郎は察しをつけながら、立ち上がった。

「違う。掟とか、そんなものはない。簡単に、口にできぬだけ」

小四郎はそれでも引く気になれず、千草に向かって足を揃え、両手を腿の上に置いた。頭を下げる。

「頼む、教えてくれ」

ややあって、溜息が聞こえた。

「シロは……」

顔を上げると、千草がゆっくりと言葉を継いだ。

「シロは山の神様の依り代《よしろ》。ゆえに、シロと呼ぶんだわ」

千草が言い終わるや否や、辺りの枯葉が鱗をめくるかのように次々と舞い上がる。

そうかと、腑に落ちるものがあった。権左衛門ら村の者が手の内を明かしたがらなかったのは、山の「神」を憚《はばか》ってのことだったのか。

白天狗が「ひょうっ」と発しながら幹を蹴《け》り、宙に向かって飛んだような気がした。

風の音だった。

九月も半ばを過ぎ、上野御林に村の衆が総出で下草刈りに入ることになった。

藩主である宗勝公が「二十五日、御松茸狩を御所望」との達しが届いたのである。

一昨年は植田で行なわれたが不作のため、殿の御不興を買ったと小四郎は耳にしていた。

権左衛門と栄之進が山頂で指示を飛ばし、村の衆は山道に沿って順に下枝を打つ。それを麓《ふもと》まで下ろしていく。道筋がどんどん明るくなっていくのが下からでも見える。小四郎は麓で人足の作業を指図していた。刈り取った枝の長さを揃え、それを束ねて村内に運び込む。

「きゃた郎、ご苦労じゃの」

能天気なその声は、三べえだ。家にいても庭の草引きか孫の相手をさせられるばかりだと、しじゅうお揃いでやってくる。五十を過ぎても、隠居らしい落ち着きなど一《いち》分《ぶ》も身につける気がないらしい。

「捗《はかど》っとるか」

勘兵衛が束をいくつも肩に担いで走る人足らを見送りながら、近づいてくる。村には大八車が三台しかないので、結局、人手を使うしかない。

「ここは危のうございます。屋敷でお待ち下され」

「なあに。躰はまだ若者ぞ。ほれ、伝兵衛、その枯木の山で遊ぼまい」

藤兵衛が伝兵衛を誘い、山積みになった枝を束ね始めた。勘兵衛が瓢簞《ひょうたん》を逆さにしたような頭を振りながら、小四郎の脇に立った。

「文が来とったぞ。ちょうどそなたの役宅で掃除しとっての。受け取っといたで」

包みのそれを裏返さずとも、江戸の稲からだと知れている。筆跡でわかるのはむろんだが、他に文を出してくる者などいないからだ。この三べえのように常に一緒に動く朋友《ほうゆう》など、小四郎には一人もいない。

「わしらにも文を寄越してくれたが、息災《そくさい》のようじゃの」

「はあ、まことに」

話を合わせたものの、小四郎は「息災が過ぎるんだよ」とうんざりしながら包みを懐に押し込んだ。

催促されて正式な手続きを取ったので、今はもう榊原家と稲との縁は切れている。ところがいったいどういうつもりなのか、いつも忘れた頃に妙な相談を寄越してくるのだ。三年前は機嫌よく鼓を習って、加賀の何とかという師匠と親しそうであったのだが、その半年後には歌舞伎芝居に夢中になって、その役者の大首絵《おおくびえ》を送ってきた。

――海老《えび》様、最高。

一生、贔屓《ひいき》にしそうな勢いであったのに、その次は若手の女形《おやま》が素敵と書いてきて、ああ、もう後は事が多すぎて忘れた。で、この春からは大店《おおだな》の主《あるじ》への後妻話で迷いに迷って、また文だ。

――どうしようかしら。私、初めが後妻だったでしょう。また後妻というのも芸がないというか、つまんないというか。まあ、お相手は名代《なだい》のお店の主だし、男ぶりも意外と悪くない。歳は取ってるけど、まあ、ぎりぎり大丈夫、かな。

でも、ねえ。いるのよ、行かずの娘らが三人も。これはきついわ、いくら私でも。せめて男の子だったらくなんだけど。おなごはねえ、見透かしてくるのよねえ、いろいろと。

ねえ、どう思う、小四郎殿。

相手にするのも馬鹿馬鹿しくて、小四郎はろくに文を返していない。たまに思い立って筆を取ることもあるが手短に機嫌伺いを記すだけで、相談事には触れぬままだ。だいたい、稲も本気で相談したいわけではないのだろう。次に舞い込んだ文では、常に事態が変わっている。

「手習い塾を始めて、大層、賑わっておるそうな。草々塾《そうそうじゅく》とか申すのか」

それは初耳だ。が、小四郎は平静を装ってうなずいた。三べえが知っている稲の人柄を崩したくない。実態を知ればどんな騒ぎになるやも知れぬ。

「母上は教えるのが上手でしたから」

いつまでも「母上」と呼ぶのは変だとわかっていながら他に呼びようもないので、小四郎はそう続けている。

「まことにもって稲殿は教え上手で、別れ上手だがや」

「別れ上手」

「気甲斐性のないおなごであれば、何が何でもそなたにしがみついとろう。まして、叔母甥《おい》の間柄とはいえ、腹を痛めて産んだ子ではないそなたを赤子から育て上げたがや」

勘兵衛殿、母上は「男の子はらく」らしいです。

「これから安穏と暮らせる、いわば人生の刈り取り期だがに。それをまあ、惜しげものう捨てて一人で生きていきゃぁすとは、芯から気の明るいお人ということよ」

明るくなけりゃあ、あんな相談を抜け抜けとしてこれぬ。

勘兵衛は辺りの喧騒《けんそう》に負けじとしてか、声を張り上げる。

「それにしても、殿をお迎えするとあらば大事《おおごと》じゃのう」

「万一、木々の枝が殿の御身《おんみ》を傷つけることがあっては、それこそ一大事ですから」

「それは承知しとるが、平素、山の手入れをしておらんがか」

「手入れも何も、領民が御林に出入りするのは禁じられております」

「いつから」

「いつからとは存じませぬ。昔からでありましょう」

「ほうかぁ」

勘兵衛は怪訝《けげん》そうに首を傾《かし》げる。

「昔は松茸の時季こそ木札を立てて出入りを制限しとったが、ふだんは下枝や下草刈りに村の者を出入りさせとったぞ。いや、まことぞ。わしら、大殿の御松茸狩の警固を仰せつかってての。御役目違いじゃが、そん時は人手が足りんかったがよ。大殿がおいでになりゃあす所はどこでも見物衆がどえりゃあ集まったで、警固も増やさんならんと上から命が下っての。で、村の衆が茶飲み話でいろいろ言うとったがや。松葉掻《か》きも日ごとに丹念にしとると、そりゃあ誇らしげに。……何ゆえ、平素から手入れをせんがや。したら間際《まぎわ》になってこうも大層な下草刈りは要らんがに」

それはわかっているが、小四郎には如何《いかん》ともしがたい。

「今はただでさえ男手を奪って、村を難渋させております。これ以上、負担を増やすわけにはいきませぬ」

秋の初めに村の寄合があり、そこで権左衛門は皆に窮状を訴えられた。

一年置きに行なわれる御松茸狩は栄之進が間借りしている寺が奉行所の者の休息所になるのだが、そこで昼餐《ちゅうさん》の炊き出しを行なうのが村の負担となっていた。役人の詰所や番所も建てねばならないし、わずかな田畑の収穫もある。

そのうえ、炊き出しには鍋釜《なべかま》の運搬も人足を動員せねばならず、寺の納所《なっしょ》には女手が集められる。つまり家じゅうが手を取られて、幼子や年寄り、病人を抱える家は切羽詰まるのだ。権左衛門は村の者らから「何とかしてもらえぬか」と懇願されたらしい。

――ただでさえ暮らしが立たぬのに、このままでは木曾に日傭《ひよう》に出るしかないと、泣かれましてなあ。

同じ尾張藩内とはいえ、木曾はこの上野村より遥かに山深い地だ。欅《けやき》や檜《ひのき》の巨木を擁し、藩では毎年、春になると数千人もの杣《そま》や日傭を雇い入れ、その伐採と造材、運搬に携わらせる。

「木曾の杣組に入ったら、雪の降る前にしか村には戻ってこられぬ、そしたら一層、御松茸御用が果たしにくうなると、権左衛門は申しておりました」

「小四郎、おぬし」

なぜか、目の前の勘兵衛が頬を緩めている。

「何ですか。何か、妙なことを申しましたか」

「いや。ちぃとも」

藤兵衛と伝兵衛を振り向いて「のう」と呼びかけると、二人とも同じようににやついている。

わけがわからぬまま、「あ」と何かが閃《ひらめ》いた。

小四郎は思いついて、

「その、警固に来られたというは、いつの話ですか」

「ん、ううむ、いつであろう。……藤兵衛、お前ぁさ、憶えとるか」

「元文《げんぶん》二年じゃ。あの年、大殿が財政の立て直しに本腰を入れて取り組まれた年ゆえのう。本腰を」

「大殿が財政を立て直し……」

不思議な気がした。小四郎にとって、宗春公は華美な、ただ派手に浪費を重ねただけの御仁である。大殿は、財政の立て直しに取り組まれたのか。いやいや、それも不首尾であったから我が藩はいまだ苦しんでいるのだ。

気を取り戻して小枝を拾い、土の上に片膝をついた。地面に元文二年と書く。今から二十年前にあたる。その下に、村人出入り、可と書く。

「その当時、御松茸の生りは如何でしたか」

「今から思えば、あれは豊作であったろうの。御松茸狩を行ないたい家臣はその前夜に申し出れば、御許が出たものだがや。下々にもしじゅう御下賜《ごかし》があった」

顔を戻して、豊作と書き加える。その右手に、今年の宝暦七年と書き、村人出入り、不可と書く。その下に、見込みは不作。

小四郎は九月に入ってから権左衛門や栄之進と何度も山に入り、自分なりにシロの数を把握していた。赤松と松茸のかかわりはまだわからない。シロの正体も役割も摑みかねている。ただ、シロが前年よりまた減っているのは確かだった。

そして数日前、奉行所から問合せが来る前に、奉行所の上役、瀬川に文を出したのである。

「上野御林の御松茸御用は、昨年より二割減と相成る見込みにて候」

納品を減らしても御用の数は年々、増えるばかりだということは変わらない。商人に命じて不足分を補えば、また千両が飛ぶ。しかし今の小四郎はそれをどうすることもできない立場であることが、身に沁《し》みていた。ただ、少しでも早く見込みを知らせておけば、他の御林で手当てをつけやすくなる。

それよりも、村だ。

小四郎はさらに筆を走らせた。

――御家臣の休憩所の炊き出しの儀、何卒、御取り止め戴《いただ》きたく候。村の難渋、甚《はなは》だしく、困窮を極めおり候。ついては本年より御歴々には弁当を持参して戴きたく、是非、御林奉行様から御小納戸頭取様に御申し入れ戴きたく、御願い上げ奉り候。

返事はまだ来ない。

小四郎は再び地面に目を戻して、二十年前と今年を見比べた。

二十年前は年じゅう、村の者が入っていた。勘兵衛はそれを「山の手入れ」と言った。そして当時は今より遥かに、松茸が生えた。

「小四郎、地面に向かって呻吟《しんぎん》するとは、腹が痛いのか」

見上げると、三べえが珍しく神妙な面持ちを揃えていた。

夜、権左衛門と三べえが囲炉裏端で呑み始めたので、先に客間に引き上げた。いつまでもつきあっていたら、また気を失ってしまう。翌朝まで吐き気に悩まされるのがかなわぬし、千草に馬鹿にされるのも忌々《いまいま》しい。

文机にあの覚書を開こうとして、母、稲からの文を懐にしまったままであったことを思い出した。包みをはずし、中に目を走らせる。

――私、後妻に入るのはやめにして、日本橋で草々塾という手習塾を始めました。町家の子女を相手に仮名や御針などを教えてるんだけど、やっぱ女の子は駄目。ちっとも言うことをきかないし、こまっしゃくれてるのよねえ。

でもまあ、しばらくは続けないと。じつは塾を始めるのに銀子《ぎんす》を用意してくれた御方がいて。私のこと、とても見込んで下さってるわけ。

小四郎は鼻白んで、読むのを途中で飛ばした。

――返信はご放念下さい。草々

はい、とっくに放念しております。

居間で三べえが盛んに笑い声を挙げている。千草をからかって、むきになって返しているのが聞こえる。

「私は嫁には行かんがに。じい様が独りになりゃぁすが」

「じゃから、婿を迎える話をしとるのよ。うちの三男がちょうど歳の釣りあいもええぞ。どないじゃ。どない」

「藤兵衛様の倅《せがれ》は女たらしに決まっとる」

「ほう、女たらしは厭《いや》か。千草は堅物がええのか。そうじゃ、小四郎は如何じゃ。のう」

すると、伝兵衛が「おう、それは名案じゃ」と囃《はや》し、

「いや。あやつは婿には入れぬぞ。榊原家がのうなる」

勘兵衛が節介を焼く。

「きゃた郎なんぞ、要らん」

千草がわめいて、また皆が笑う。

ふん、それはこっちの台詞《せりふ》だ。誰が栗鼠公なぞ、嫁にするものか。ちょかちょかと忙しなく動いては、何かを忘れてくる。

九月のとば口だったか、一緒に裏山に入った時、千草は背に負うていた籠を丸ごと

切株の傍に置いてきたのだ。途中で小四郎が気づいて取りに戻ったものの、せっせと集めた木の実や茸を忘れるとは栗鼠よりひどい。なのに千草は小四郎のせいにした。

「きゃた郎様がふいに走り出したからだがや」

「何を言う。俺は赤松を見つけただけだ。そなたに従いてきてくれとは頼んでない」

「ふへっ、根っ子に足を取られたくせに」

大喧嘩《おおげんか》になった。

小四郎は畳の上に寝転んで、首の下に両手を回した。窓の向こうには星が瞬く夜空が広がっている。が、気持ちはその下で濃紺に沈んでいるはずの山影に動く。

山の手入れとは、いったい何をどうすることなのだろう。

やはり、権左衛門に真正面から訊ねてみようかと思いながら、シロを秘したり、神の依り代と見做《みな》していたりと、無闇に立ち入りにくい。まして御松茸狩の準備で、権左衛門は連日、忙殺されている。

「小四郎」

訪《おとな》う声がして、起き上がった。

「入るぞ」

戸襖《とぶすま》を引いて入ってきた栄之進は別人に見えた。

「如何なさいました」

「何が」

「随分とさっぱりなされたので、見違えました」

鼻の下から顎まで鬱陶《うっとう》しくおおっていた髭が綺麗《きれい》にあたってあり、幾歳も若く見える。

「虱《しらみ》が湧いたんでな」

「髭にですか」

「初めは頭だ。ついでに髭にも回ったんで、とうとう剃刀《かみそり》をあてた」

聞くだけで痒《かゆ》くなって、小四郎は尻ごと後ろに退がる。

ふと気づいて、「そういえば」と訊ねてみた。

「矢橋殿は御妻女はおられぬのですか」

「子はおらぬ。妻は逃げた」

まるで鳥籠の鳥が逃げたかのような簡単な物言いだ。小四郎が黙って見返すと、栄之進は口の端を上げた。

「それがしが御松茸同心を拝命して山に籠《こも》っておるうちにの、留守を守っておった若党と共に逃げたのだ。まあ、何年も放っておったゆえ、仕方あるまい」

また「仕方あるまい」が出た。若党と逃げるなど、不義密通ではないか。妻の罪云々ではなく、己が恥ずかしくないのかと小四郎は腹を立てる。我知らず、己の膝を拳で叩いていた。

栄之進は何でも「仕方あるまい」の一言で済ませる。悟り切ったような顔をして。

「このまま、捨て置けませぬ」

「よせ。済んだことだ」

「何も済んでおらぬではありませぬか。御松茸の作出は毎年、二割がた減り続けておるのですよ」

「何だ、また松茸か」

「またとは、何です」

「で、何が言いたい」

「山の手入れです。その有無と、豊作不作は関連している。どう考えても、そうとしか思えませせぬ。ただ、手入れとは一体、何をどうすることなのかが、わからない。以前、肥料を入れてみたと矢橋殿は申されましたが、確か、それは上手くいかなかったと」

栄之進は「ん」と唸《うな》って窓際に移った。行灯《あんどん》から遠ざかって、横顔もぼんやりと影に紛れる。一つ溜息を落としてから、再び口を開いた。

「着任して数年の間、わしもそなたのようにあれこれと考えた。畠のごとく肥料を入れてみてはどうかと権左衛門に思案を披露した折も、試してごらんなされと権左衛門はうなずいた。が、とんだ不首尾に終わった。肥料を入れた地は以来、シロを二度と結ばぬ」

「お待ち下さい。権左衛門ほどの者が、それを見通せなかったのですか」

栄之進は黙って窓外を眺めている。

「まさか、わかっていて止めなかったのですか。……わ、我らはそれほど迷惑な、厄介な御役なのですか。役所からも見放され、この地でも分け隔てされて」

ならば御松茸同心など何のためにと続けそうになって、小四郎はそれを呑み込んだ。口に出しただけで惨めな気になる。

「まあ、聞け。御林はそもそも、御松茸狩の時季以外は領民の立ち入りが許されてきた地だ。枝を透かし、松葉を搔いて村に下ろす。それが領民の暮らしに火を灯し、余った物は焚きつけとして町で売り捌《さば》くこともできた。松茸も掃いて捨てるほど生ったゆえ村に下げ渡しもあったし、飢饉《ききん》の際は領民の御救《おすくい》の役割も果たしてきた。だが、今は山への出入りを禁じられておる」

「そこです。何ゆえ、出入りが禁じられたのですか」

「盗木だ」

「盗人、ですか」

「ん。赤松は檜や欅ほどではないが、材木としても重用されるのは承知しておろう。薪として枯枝を持ち去るのはまだしも、不心得の者はいずこにもおる。中には苗木を根こそぎ持ち去られる被害もあったらしい。権左衛門は山廻同心として、盗んだ者を捕え、罰さねばならぬ。盗人は村の辻に三日縛り、そのうえ村も共に責めを負うて過《か》怠銀《たいぎん》を藩に差し出すのが決まりだ」

三日縛りは罪人に課せられる刑を指している。高札場《こうさつば》や辻に埋めた高杭《たかぐい》に身を縛りつけ、三日の間、晒《さら》すのである。

「考えてもみろ。権左衛門は藩から御役目を任ぜられてはいるが、父祖代々、この地に暮らしてきた村の衆の頭だ。徳川家がこの地を支配する前からのな」

「かほどに、古いのですか」

そうかと、小四郎は腑《ふ》に落ちたような気がした。

権左衛門は村の衆を罰するのに苦渋し、そして藩の禁制「不入《いらず》御林《おはやし》」を受け入れた。もとは誰の物でもなかった山への、出入りを禁ずる令を。

囲炉裏端で漬松茸の一枚、二枚を大事そうに摘まみながら酒を呑む、権左衛門の姿を思った。山村の囲炉裏は一年じゅう火を絶やさない。いつもその火を眺めながら静かに盃を傾け、時折、千草や三べえの言に白眉を下げる。

「それで、盗人は減ったのですか」

「それがしが見廻りをするようになってからは、な。絶無ではないが、少なくとも村の中から咎人《とがにん》は出ていない。権左衛門も心底、安堵しただろう」

やはりそうかと、小四郎はうなずいた。

「だが、人の出入りを禁じた赤松林には松葉や他の木々の枯葉が降り積もるようになった。それが田畑であればいずれ朽ちて腐って土地も肥えようが、結果は逆だ。春秋に枝下ろしや下草刈りをするが、それだけでは間に合わぬ」

「つまり松茸は土地が肥えると生えない、ということですか」

「いかにも。山の土は里とは異なって、そもそもが痩《や》せている。雨で土地の滋養が下へ下へと流れるからだ。数百年も前から、さような条件のもとで山の木々は生きている」

「となれば、やはり禁制を解くしかないのではありませんか。毎年、千両もの借財を増やしておるのです。その解決法として我らが上申すれば」

「忘れたか。殿はその借財をご存じない。理由にはできぬ。権左衛門も、その上申には助力せぬだろう」

八方塞《ふさが》りだった。


御松茸狩の当日が訪れた。

林内に入るのは、藩主とその御供一行だ。御用人や寺社奉行、御林奉行、書院番頭や小姓らの家臣も含め、六十人を超えると知らされている。さらに街道筋には警固の者も配置されているので、荷を持つ中間らも含めれば、今日のために総勢で五百人近くが動くことになるだろう。

小四郎と栄之進は林内装束として決まりの法被《はっぴ》、股引《ももひき》を身につけた。権左衛門はいつもの白装束に身を包んでいるが、他の者は寺での炊き出しに駆り出されている。村の炊き出しの御役を免除してほしいという小四郎の文に返答は来ずじまいで、千草も夜が明けるや平作と共に寺に向かった。

今年は小四郎の朋輩であった尾田が御案内役を仰せつかっているようで、一行を先導している。

「殿、この辺りで狩られては如何かと存じまする」

尾田は案内役の誇らしさを隠そうともせず、生白い顔を紅潮させている。

殿の動きに合わせて、何人もの小姓が手籠を持って動く。

父も大殿の供をしてかようなことをしていたのだろうかと、小四郎は幾重もの人垣の背後から垣間見た。栄之進と権左衛門はさらに後ろの斜面に控えているので、殿の様子は目の当《ま》たりにしていないだろう。警備は厳重だがそれが露わであると興《きょう》が削《そ》がれるとの理由で、木立に紛れて遠巻きにするのがしきたりであるようだった。

尾田が殿を誘導するかのように、屈んだまま数歩進む。殿はそれに従って辺りを見回した。

声が弾み、山の秋空に響く。五本、そして十本、次々と手籠が一杯になり、小姓がまた新しい籠を手にして背後に控える。

「この初摘みは、江戸の大樹様《たいじゅ》にお贈りせよ」

殿の命が下された。大樹様とは江戸におわす九代将軍、家重《いえしげ》公のことだ。御三家の藩主が手ずから摘んだ松茸は、本家への機嫌伺いとして進呈されるのである。

「松気《しょうき》、まことに芳《かんば》しいよのう。祝着至極《しゅうちゃくしごく》」

殿は至って機嫌がよく、終始、笑みを絶やさない。御林奉行が尾田に「よくやった」とばかりに声をかけているのが見えた。

まったく、猿芝居だ。松茸の生えている場の近くには、あらかじめ細長い付箋《ふせん》をつけた竹札を挿《さ》してある。昨日、権左衛門と栄之進、そして小四郎が土の上を這《は》いずり回って四、五分開きの松茸を見極め、そこから半間ほど離れた位置に印を打って回ったのだ。間近に印があったのでは狩る楽しみが半減するのでわざわざ離して、かつ見つけやすい場に印を打つのである。

それはもう誰もが、殿自身もどうやら承知のことであるらしい。それでも嬉々《きき》とし

「おお、見つけたぞ」

て屈んでは摘み、また歩いては屈む。

「今年は豊作ぞ。勝手次第を許す。好きなだけ狩るが良い」

するといて家臣が一斉に辞儀をし、殿に礼を述べてから手籠を携えて散った。

小四郎はただそれを眺めて立つのみである。すると誰かが辺りを窺いながら、こっちに近づいてきた。尾田だと気づいて小さく会釈をした。が、向こうは素知らぬ顔で傍《かたわ》らを行き過ぎる。肩と肩が行き違う寸前で、尾田は低声《こごえ》を出した。

「おぬし、何様のつもりだ」

「何のことだ」

「殿の御側近に弁当を持参せよなど、おぬしが指図することではないわ。己の立場を弁《わきま》えよ」

尾田の横顔に目を据えた。

「いつまでこんな茶番を続ければ気が済む」

「茶番だと。おぬし、殿の前で同じことが言えるか」

「言えるとも。御松茸御用で莫大な借財があることまで、洗い浚《ざら》いぶちまけてやる」

すると、尾田はせせら笑った。

「いずこにかような証拠がある。御用達《ごようたし》の商人らは決して口を割らぬぞ。他の御用をふいにするほど、あやつらは愚かではないわ。まして我が藩の財政は本年、好転の兆《きざし》を見せておる。ゆえに殿も上機嫌であらせられるのだ」

「好転……財政が好転したのか」

なぜだろう。喜ばしいはずのその報《しら》せが、小四郎には虚《むな》しく響いた。己こその鍵《かぎ》を握る者だと信じていたのに、何もかかわれぬまま事態が好転した。悪くなったと聞かされるより、遥かにこたえる。

「ほう、気に入らぬか。なるほど、瀬川様がおっしゃる通りだ。おぬしは、まこと鼻持ちならぬ男よ」

「何だと」

「榊原が江戸の藩邸から摘まみ出された理由がよくわかると、呆れておられたのよ。己より頭の良い者は他におらぬとばかりに上役や周囲を見下し、正論しか吐かぬ。融通がきかず、可愛げもない奴をいったい誰が引き立てる。……ああ、今さら、おぬしに世渡りを指南しても無駄であった。生涯、この山に埋もれておれ」

尾田はそう吐き捨てると、上役の名を呼びながら他方に去った。

松風が渡り、小四郎の羽織の裾《すそ》を弄《もてあそ》ぶように音を鳴らして行き過ぎた。振り返ると、権左衛門と栄之進が途端に目を逸らし、顔を左右に向けた。たぶん今のやりとりが聞こえていたのだろう。

く、くっそお。

拳を握りしめ、小四郎は両の足を踏ん張った。

第五章

歪《ゆが》んだ徒長枝《とちょうし》に手を掛け、小刀を当てた。細く弱々しい逆枝も見つけて、すっぱりと足元に落とす。土の上に落とした枝は素早くまとめて、山道の脇に置く。帰りにそれを拾いながら山を下りるのである。

昨秋、藩主である宗勝公の御松茸狩を終えた翌日から、ほとんど毎日、こうして山に入っている。背に籠《かご》を背負い、熊手《くまで》と小刀、鋏《はさみ》、鎌《かま》を携え、赤松の林で松葉や枯葉を掻《か》いている。

小四郎は山道を登りながら水音に耳を澄ませ、斜面の山肌に目を凝らす。昨夜の雨を受けてか、いつもより水嵩《みずかさ》が多い。羊歯《しだ》や小さな茸《きのこ》の間をうねるように細い水が下に流れてゆく。

土地の滋養はこうして水によって、麓《ふもと》の田畑へと運ばれる。ゆえに里の土は自ずと肥え、山土は痩《や》せている。山の木々はその痩せ土で生き抜いてきた。松茸は草木ではないが、やはりそのような土でないと生きられぬのではないか。

早朝から日暮れ前まで御林の松葉を掻いていると、その考えが確信めいたものに深まってくる。ただ、上野御林は三町八反《さんちょうはったん》はあるので、なだらかな斜面の林床《りんしょう》にしか手が及ばない。ゆえに小四郎は毎日、通っている。

いつもの場に登り着くと、昨日、掃いたはずの枯葉が元の木阿弥《もくあみ》になっている。空を仰いで溜息《ためいき》を吐き、それから熊手を握った。雨で土表が湿り気を帯びてか、手ごたえが重い。

こんな、誰にでもできる力仕事しか思いつけぬとは、自身でも思いも寄らぬことだった。

松茸の生りが豊作不作を繰り返しながらも、年々減っているのは、御林への領民の出入りを禁じたことにあると、小四郎は推していた。領民らの手が入らぬことで松葉や枯葉、枯枝が林の木々の根元に降り積もり、それが時をかけて腐り、土を肥えさせてしまったのだ。

理由はわからぬが、シロができている場から察するに、松茸は痩せ土を好み、肥沃《ひよく》な土を嫌う。

となれば、領民を常に山に入らせ、手入れをさせればよい。しかしそのためには、領民の立ち入り禁制を解いてくれるよう上申せねばならない。それがまず一つ目の関だった。

次に、領民が刈り取った下枝や枯葉、松葉は持ち去ってもよいとの御許を得るのが、第二の関。自家で用いるなり売り捌《さば》くなり、手入れの働きに対する何らかの報酬を設けねば領民の負担を増やすばかりである。しかも持ち去りを禁じて山に放置させれば、結局、山土を肥やすことになる。

そして三つ目、最大の関は、それらを誰も望んでおらぬということだった。

奉行所は御用商人を使って御用を果たすことに慣れ切っており、村の炊き出しの免除願いなど面倒がって顧みようともしなかった。そして御山守の権左衛門は、昔、村人を捕えて罰せねばならなかった経験から、「不入《いらず》御林《おはやし》」であることを受け容れてしまっている。

立場が違えば理由も異なるが、皆、毎年、何とか御松茸御用を果たすことにのみ、意を用いている。

小四郎は人を動かす立場を想定して、己に指示を飛ばしてみた。

榊原小四郎、御松茸の増産法を模索してみよ。

赤松の苗木を入れて、林の本数を増やしては如何《いかが》。

年数と費《つい》えが莫大。まして奉行所を動かすのに何年かかることか。却下。

松茸には白い髭根《ひげね》があった。土ごと掘り取り、畠に植えては如何。茄子《なす》や葱《ねぎ》のごとく、百姓に栽培させる。

奉行所に無断では事を進められぬ。裁可を得るのに何年かかるか、検討してもらえるかどうかも危《あや》うい。だいいち、それができたら商人はとうに着手している。却下。

小四郎は呻吟《しんぎん》し、堂々巡りを繰り返しながら山を歩く。

日に日にずっしりと徒労感が降り積もる。無駄になるかもしれないと思いながらする仕事は、想像以上に苦しいことだった。

木偶《でく》のように手足が強張《こわば》って、切株に腰を下ろす。今朝、千草が持たせてくれた握り飯にかぶりつくと、かさこそと音がする。目をやると栗鼠《りす》が穴を掘っていた。どんぐりを埋めようとしているのだ。

「忘れるなよ、その場を。おぬしがちゃんと掘り返してくれぬと、そこから雑木が芽を出すのだ。林が暗うなる」

栗鼠は口の周りを持ち上げるようにして、こっちを見返す。細い髭が小刻みに揺れ、黒目勝ちの瞳が物問いたげに動く。初めは不間《ぶま》にしか見えなかった振舞いが近頃は少々、愛嬌《あいきょう》に思えるから不思議だ。が、栗鼠はきょとりと頭を動かしてから、素早く身を返して走り去る。

山の中の生きものは皆、用心深い。小四郎も必要以上にその間合いを詰めようとは思わない。虫には多少は慣れた。千草や平作のように触れたり手摑みにするなどとんでもないが、目に入っても知らぬ振りを通すことはできる。息を詰めていれば、相手はいつのまにやら姿を消しているものだ。それが少し有難かったりする。

沢庵《たくあん》を齧《かじ》りながら、小四郎は林を見渡す。

松茸が生えぬ場には大抵、櫟《くぬぎ》や樫《かし》、椨《たぶ》などの雑木が進出しており、赤松は陣地を奪われていた。葉の広い木々は陽射しを求めて伸びる力が強く、空をおおってしまう。すると林床は暗く、じめりと湿ってくる。かような場には権左衛門は決して近づかなかった。

そこで小四郎は、足元が暗い場の雑木の下枝を刈ってみることにした。こうして林床を明るくし、乾かし、土を肥やさぬように松葉や枯葉を取り除き続ければどうなるか。

松茸が増えればこの方法を他の林にも応用すればよいが、捗《はかばか》しい成果を得られぬ場合は一から出直し、他の方法に変えねばならない。まして、たった一年の手入れで成果が出るほど甘くはないだろう。

三年、いや、五年はかかるかなあ。十年かもしれぬ。待てよ。十年後、俺は三十三になっているじゃないか。

こんな悠長な仕事を何年も続けたら、俺の頭もいずれ鈍《なまく》らになるのだろうなあ。幼い頃からすぐに答えが出ぬと、躍起《やっき》になる性分《しょうぶん》だった。棚上げするのが気持ち悪くて、長考に耐えられない。上役の計算間違いも目にしただけで苛《いら》つき、すぐに朱を入れて正さねば気が済まなかったのだ。

指についた飯粒を口に入れてねぶり、竹筒の水を飲むと、小四郎は懐《ふところ》から書を取り出した。くだんの覚書である。

いつもの、「天狗《てんぐ》の土俵」と添え書きされた松樹の絵を眺めてから、他の箇所にも目を通す。脈絡のない走り書きであるので最初はまるで意味を汲《く》み取れなかったが、毎日、山の中に持ち込んで読むうちに数行ずつが判読できるようになっていた。

――その昔は七十歳になった者を老人と呼び、四、五十の者は老人ではなかったものだ。ところが近頃、十六、七から二十歳頃の若者の多くは顔色が悪く、根気がないように見える。年寄りのごとくだ。

そんな愚痴めいた文言があると思えば、

――学問はそもそも心を素直にし、身の行ないをよくするために行なうものである。ところが人によっては心身のたしなみがなく、邪智《じゃち》のみが盛んだ。ものの言い方が巧みになり、すべてのことに理屈をつけ、人を非難し蔑《さげす》み、まったく不出来な者となる。かような学問は、本来の学問にほど遠い。

そんな一文もあった。さて、今日はいかなる言に出会うかと、読みにくい字を辿《たど》る。

――いまだ何の仕事もしていない者が自分のしたい仕事を得ていない時分は、己こそは役職に就《つ》いたならば、上の為、下の為にすべてのことを滞らせず、うまくこなしてみせると誓い、口にも出してもどかしがる。

小四郎はそこまでを読んで、上から物を言う奴だなあと鼻を鳴らした。志を口にするのは当たり前ではないか。それの何が悪い。

――が、いざその職に就くや、前の心とは大いに異なり、かつて蔑んで非難していた相手と少しも変わらず、かえって朋輩《ほうばい》の害になることばかり考えるようになる。いかにも、江戸や奉行所の上役らは皆、この類《たぐい》だと得心する。朋輩どころか、配下の者が最も迷惑するのだ。こういう輩《やから》には。

手許が暗くなって、小四郎は空を見上げた。今日は朝から晴れ渡っていたのに、山の天気は変わりやすい。もう一仕事してから下りねばと思うのに、あともう一箇所だけと紙を繰る。

――年々、法令や規制が増えると共に自《おの》ずとこれに背《そむ》く者も出て、ますます法令が増えてわずらわしいことになる。

こんな危ないこと、よくも書き記したなと、小四郎は目を剝《む》いた。

――法令が多き世は人の心も能動を失い、狭くなり、いじけ、道を歩く折も後先を見るようになる。法令の数を減らさば、努めるも守るも楽になる。心穏やかに、諸芸に励むことにもなるであろう。国に法度《はっと》が多いは、恥辱と言えり。

その途端、辺りが俄《にわ》かに暗くなって、覚書にぽつりと滴《しずく》が落ちた。

小四郎はそれを懐に仕舞い、籠を背に負った。熊手を手にして山道を下りる。いきなり本降りになって、総身がずぶ濡れだ。歩き慣れたはずの道がぬかるんで滑る。空の向こうで不穏な音がし始めて、小四郎はそのたび、頭に手をやる。幼い時分から、虫より嫌いなのが雷だった。

勘弁してくれよ。こんな山中で雷に撃たれてみろ、ひとたまりもないぞ。

だが、雨は強まるばかりで目も開けていられない。顔を少しでも上げれば刺すように降り注ぐ勢いで、小四郎は顎《あご》を引き、腰を落とした。

と、足を取られて尻が宙に浮いた。咄嗟《とっさ》に腕を伸ばして枝を摑《つか》んだが、そのまま泥濘《ぬかるみ》に掬《すく》われるように滑り落ちた。

——国に法度が多いは、恥辱と言えり。

その言葉を何度も繰り返す。

それは誰の恥辱か。むろん、為政者《いせいしゃ》たる主君を指している。

下手をすれば切腹ものの文言だ。よほどの叛骨《はんこつ》、剛腹《ごうふく》の者か、それとも大言壮語が得意の痴《し》れ者か。

いったい誰なんだ、あの書き手は。

「きゃた郎、うなされとるわ。頭、打っとるんじゃないか」

「いや、顔にこれだけ擦《す》り傷があるゆえ、前から突っ伏したのだろう。まあ、目を覚まさぬことにはわからぬな」

千草と話しているのは栄之進の声だ。目を開くと、薄ぼんやりと煤《すす》だらけの梁《はり》が見えた。どうやら、権左衛門の屋敷の囲炉裏端であるらしい。

「それにしてもようまあ、見つけてくださりゃあしたことよ。あの雨の中で朝まで気を失《うしの》うとりゃあしたら、山に持ってかれてまうだで」

そうか、山中で大雨に遭って、足を滑らせたのだったと思い出す。

「じい様、そういえば昔、よう言うとりゃしたなあ。山の神は木の数をちゃんと数えとられるから、人が妙な所に入ったら、一本多いと間引《まび》いてまわれるって」

「お前ぁ、そんな話、よう憶えとったのう」

権左衛門は呑気に笑っているが、小四郎はぞっとした。

俺、もうちょっとで間引かれるところだったのか。それは割に合わぬではないか。毎日、山を綺麗《きれい》にしてやってたんだぞ。

と、小四郎は懐に手をやった。ないと気づいて、がばと半身を起こした。その途端に息が詰まった。背骨が軋《きし》んで、腕にも脚にも痛みが走る。

「起きた」

千草が傍に寄ってきて、覗《のぞ》き込む。

「痛い」

「その顔のしかめよう……ほんに大層だがや。骨はどこも折れとらんのでしょう、栄之進様」

「恐らく」と、栄之進が返答する。

「恐らくって、んな、曖昧な」

これほどの痛み、骨が折れているに違いないのだ。

「なら、動かしてみろ」

恐る恐る右手左手、右脚左脚と順に力を入れてみると、なるほど動きはする。

「まあ、ここだけだわね」

千草が何かを差し出した。手鏡だ。中を覗いてみると、己とは思えぬ何かが映っていた。額が赤く腫《は》れ上がり、しかも左頬から右にかけて引っ掻かれたような大量の横《よこ》縞《じま》が入っている。鼻にもむろんのことだ。それを見た途端、ひりついて、顔が盛大に痛くなってきた。

「下枝と下草にやられたがや」

千草は笑いを嚙《か》み殺している。

「他人の不幸を笑うんじゃない」

栄之進もそう言いながらひくりと肩を揺らす。と、何かを囲炉裏にかざしているのが見えた。

覚書だ。栄之進が顔を上げて、小四郎に目を落とした。

「着物ごと濡れておったのでな。乾かしておるのだが……」

栄之進が中を開いたまま持ち上げて見せた。あの松樹の絵だ。泥に塗《まみ》れ、墨が滲《にじ》んで襤《ぼ》褸《ろ》のようになっている。「ああ」と額に手を当てると、栄之進が少し声を鋭くした。

「山中のことは記すなと戒めておいたものを」

権左衛門に目をやれば、火箸で囲炉裏の灰を寄せている。憮然《ぶぜん》たる面持ちに見える。

「雨で読めぬようになってしまったとは、そりゃ、山の思召《おぼしめ》しでしょうかな」

突き放すように呟いた。

違う、それは俺じゃないと申し開きをする気力もなく、小四郎は身を横たえた。また背骨が軋んで呻《うめ》いた。

どろどろと、太鼓の音が夜風に乗って運ばれてくる。

権左衛門と千草は共に村の秋祭に出かけ、家の中はかえって静かだ。

「行きゃあせんがか」

千草に誘われたが、「調べものがある」と断った。

「ほんに、きゃた郎は祭も嫌いだと」

ぶつぶつ言いながら出て行った。

庭先の草叢《くさむら》で、ちんちんと虫が鳴いている。千草が言うには、鉦叩《かねたた》きという名を持つそうだ。なるほど、まるで太鼓の拍子に合わせて鉦を打っている。

行灯《あんどん》を縁側に持ち出して、小四郎はまた覚書を開いた。

破れた箇所には紙片を貼って繕ったものの、あれほど濡れてしまった紙は毛羽《けば》が立ち、方々の文字が損なわれた。権左衛門と栄之進にはもうほとんど判読できない代物になったと伝え、二人もそれ以上は触れてこない。

しかし小四郎は捨てることができないでいた。自室で明け暮れ、手に取っている。頭の中で文字の欠損を補えば一文、一文が再び立ち上がり、何かを語りかけてくるような気がしてならないのだ。

――無駄を省き、倹約するは、家を治める根本である。さりながら道理を弁《わきま》えず、やたらと省くばかりでは慈悲の心も薄くなり、酷《むご》く不仁《ふじん》たる政《まつりごと》となる。

これは山中でも幾度か読んだ箇所だ。その左に、ふいに書きつけたような一文がある。

小四郎は傍に行灯を引き寄せて、目を凝らした。

――土中に、神に仕えし者棲《す》めり。これを菌と呼ぶ。

茸を表記する場合、その昔は「菌」の文字を当てることがあった。城の書庫で読んだ本草学《ほんぞうがく》の書に、そう記されていた。そして「茸」はあらゆる茸類の総称だが、「松茸」のみを指すことがある。古来より、ひときわ松茸を珍重してきたゆえだろう。

となれば、こう読み換えることはできないか。

土中に、神に仕えし者棲めり。これを菌《まつたけ》と呼ぶ。

神とは、山の神だ。菌《まつたけ》はその神に仕える者。

そしてシロは「神の依《よ》り代《しろ》」からそう呼ばれるようになったと、千草がこっそり教えてくれたことがある。

相撲の土俵も元はと言えば依り代、神がおわす場だ。天狗の土俵の絵が浮かぶ。

しかしそこから先に考えが進まない。どうにも、もどかしい。

権左衛門に導かれて初めて松茸を採った時の光景を、思い返してみる。

松茸の髭根には白い綿糸がまとわりついており、その下の土中には粘り気のある白い窠《す》があった。松茸が生える前触れとされるシロも、黴《かび》のごとく白変した土の塊《かたまり》だ。

小四郎は目を開いた。

あのシロこそが松茸の正体ではないか。シロは生きもののように土中に潜り、何かが起きて茸になる。

シロは前触れではなく、やがて松茸になる何かなのだ。ゆえにシロが出る位置に、松茸が生える。

土中で何が起きているのだろう。知りたい。が、それを目で確かめることはできないのである。

小四郎は歯噛みをする思いで、また異なる箇所を開いた。ここはまだ判読できていなかったにもかかわらず、ほとんどの文字が滲《にじ》んで消えてしまっている。が、やっと一行だけを虫食い状に読み下した。

――忌地《いやち》となりし地は土が腐りおる由、掘り起こして陽に晒《さら》すべし。

小四郎は目を閉じて山中の様子を思い浮かべる。足首までおおうような枯葉の層の感触がよみがえって、そうかと膝を打った。

腐食《ふしょく》だ。枯葉や枯枝が朽ちて腐食すれば土を肥やすだけじゃない。たぶん雨水が溜まりやすくなって、土壌そのものが腐るのだ。人の手を入れない林床にシロが、そして松茸が出にくいのは、おそらくそれとかかわりがある。

土を掘り返した方が良いということかと、小四郎は庭先を見つめた。

いや、今のままでも手一杯であるのに、土を掘り返すなどとてもできぬと首を横に振る。まして来月になればまた御松茸御用が始まる。九月、十月はその調達で走り回らねばならない。

腕を組んで目を閉じた。

落ち着け。何をいつすべきか、順序を立てて考えろ。書き出してみるんだ。小四郎は自室に筆と硯《すずり》を取りに入った。

昔、母の稲がよく口にしていたのである。

「頭の中で考えたことをそこに書いてみなされ。それを目にしてまた思考すれば、考えが動きまするる」

あの頃の母上はしごく真っ当であったと思いながら文机《ふづくえ》を見回す。あれからまた文が来たものの、封も開けずに置いてある。読まずとも、どうせいつもながらの上っ調子な音信だ。居間に戻ると、三べえが縁側に坐っているのが見えた。右手に伝兵衛、真ん中に勘兵衛、左手に藤兵衛が並んでいる。三人が一時に振り向いて、「よお」と手を挙げる。

「きゃた郎、男ぶりが上がっておるではないか」

肩や腹を揺すって、ぐふふと笑う。

「鼻先が黒うて、ほっぺたに横縞だがや。よこしま」

「祭の御面に似とるがや。ほれ、狐《きつね》や狸《たぬき》の面をよう売っとったろうが」

小四郎は思わず掌で頰を覆《おお》って隠した。躰《からだ》の痛みは十日もせずに引いたが、顔に妙な具合の擦り傷が残ったのだ。まともに道に激突したらしき鼻は先が丸く黒ずみ、左右の頰には三、四本の線がある。獣の髭のように。そして平作や村の者も小四郎を見かけるたび、ぷっと噴く。

「権左衛門と千草も祭に出ております。私は留守番をしておりますゆえ、どうぞ行ってきて下さい」

賑《にぎ》やか好きの三べえだ。たぶん祭を目当てにやって来たのであろうから、村中に追い払ってしまおう。掌の甲を見せてひらひらと振ってやったが、三人とも鳩《はと》が頭を寄せるようにして動かない。

具合でも悪いのか。

首を傾げながら伝兵衛の隣に腰を下ろすと、真ん中の勘兵衛が覚書を手にしているのが見えた。いつのまに見つけたものやら、油断も隙もない。

「それはなりませぬ、貴重な書にござりますゆえ」

取り上げようとしたが、伝兵衛が肩で押し返してくる。勘兵衛が首を伸ばして、覚書を掲げた。

「小四郎、何ゆえこれを持っとる」

「何ゆえと問われましても」

書庫に返しそびれたままになっている書で、しかも本来はとうに焼かれているはずの物だとも言えない。まごついていると、藤兵衛が代わりに答えた。

「そりゃあ、清之介が遺《のこ》しておったのじゃろう、江戸の役宅に」

「いや。大殿にかかわる文書は持ち出せんかった筈《はず》じゃ。身近に仕えた者はそれは厳しい身改めを受けたと聞いたぞ」

勘兵衛が言うと、伝兵衛が腕を組む。

「清之介のことじゃ。これだけはと、うまく持ち出したんだがや」

小四郎はとまどって、気がつけば口を開いたままだった。

「この書きつけは、父上のものなのですか」

すると三人揃《そろ》って「たわけぇ」と、こっちを睨《ね》めつける。

「おぬし、父の手跡《て》がわからんで読んどったがか」

「私の書の手本は母上が用意していたんです。父上の書いたものなど、ほとんど目にしておりませぬ。父上は筆を持つより箒《ほうき》や槌《つち》を持つ方がお好きだったではありませんか」

言い訳をしながら、本当だろうかと思った。

俺は、情けない父の姿を見たくなかっただけではないか。出世欲のない、ただ無為に過ごしているかに見えた父から俺は目を背《そむ》けていたのではないか。

逡巡《しゅんじゅん》しながら、「あれ」と何かが引っ掛かった。

「さっき……大殿にかかわる文書とおっしゃいましたか」

たしかめると勘兵衛がうなずく。

「大殿はその時々、ふと思いつかれたことを側近に記させるを習いとしておられたのよ」

と、中を開いて示す。

「何ゆえ大殿のお考えだとわかるのです」

「そりゃ、長年親しんだ『温知政要《おんちせいよう》』の中の文言であるからの。ここも、ほれ、ここも文字が滲んでしもうとるが、その一節が書き付けてある」

「温知政要。あの、発禁の書」

宗春公は藩主の座に就いた時、自身の考えを二十一条からなる書にまとめ、それを板行して藩士に配布したと聞いたことがある。江戸藩邸では大殿について誰もほとんど口にせず、小四郎は学問所でそのことを教えられた。老師匠が声を潜めて「発禁の書」と言ったのが、やけに禍々《まがまが》しかった。

三べえは首肯し、しばし黙してから勘兵衛が言葉を継いだ。

「民を慈しみ、支配者としての恣意《しい》を忍ぶ。あれは民と共に世を楽しまんとされる、大殿の決意表明じゃった」

——すべての人間は身分の高きも低きも、長生きせねば何事も成就《じょうじゅ》致さぬものだ。文武《ぶんぶ》の名君が国や天下を保ち、長久の基を開いたのも、みな寿命が長かったゆえに成し得たことである。今日、国を治むる者が、人の為国の為に策を施しても、急に致さば人の心は動揺し、思うようにならぬものである。ゆるりと時をかけて致さば自ずと風俗も改まり、いつまでも持続し、後々は法度の世話にならずとも済むようになる。

その書き付け部分は濡れてしまう前に幾度も読んだので、もう空《そら》で憶えていた。

改革は急激に行なってはうまくいかない、時をかけてじっくりと臨め。

——ただし民の痛みや難渋には、速やかに対処すべし。訴訟や日常にかかわる様々については、君主たる者、己の膳《ぜん》を取る間も惜しんで取り掛からねば、差支《さしつか》えが出るばかりである。

つまり民の苦痛や日常の不都合については、速やかな対応が肝要だとしていた。

そうか、大殿のお考えが書き付けてあったのかと、小四郎は夜空を見上げた。

ゆえに御政道について、誰憚《はばか》ることなく記されていたのだ。

待てよ。では、「菌」や「忌地」についての文言も、大殿の考えなのだろうか。

「『温知政要』には、御林についての考察もありましたか」

三べえは、「いいや」と頭を横に振った。

「知らぬな。二十一条はいまだにすべて憶えておるが、御林への言及はなかったのう」

勘兵衛が両脇の二人を見ると、伝兵衛が「そういえば」と四角い顎を持ち上げた。

「清之介が、何か言うとったような気がする」

「父上が」

「わしらが警固を務めた御松茸狩で、大殿が松茸やシロとかいうもんに興味を示されて、ここの権左衛門に御下問《ごかもん》があったと言うとったがや。あいつ、権左衛門と気が合《お》うとったもんで、それは嬉《うれ》しそうでの」

「権左衛門に御下問があったのですか」

「わしも憶えとるわ。大殿は白装束の権左衛門が松茸を見つけるのを、いたく喜ばれやぁしたとかで。案内役など要らぬ、直《じか》に山守に案内させると仰せになったがや。直にの」

藤兵衛が鼻の脇を掻きながら言い添えた。

勘兵衛はしばし話に加わらず覚書に目を落としていたが、「これを見よ」と覚書を開いたまま差し出した。伝兵衛がそれを受け取り、小四郎の掌の上に置く。

あの、「天狗の土俵」の絵が記されたところだ。それは、父の走り書きと図が連なっている中で、一箇所だけ突出して雄渾《ゆうこん》な筆致である。

「これは恐らく、大殿が御手になるものじゃ」

黙って見返すと、勘兵衛はうなずいた。

「上役らが大殿から絵を拝領したらば、わしらまで招いて祝宴を開いたもんじゃったでの。幾度も目にしてきておる。この絵は、大殿の絵じゃ」

そうか、大殿は権左衛門ら白装束の者の働きを目の当たりにされたのだ。

今も幽閉されたままである、宗春公は。

草叢でまた虫が鳴き始めた。名を知らないけれど、鈴のように澄んだ声だと思った。

祭も最後、三日目の夜になった。

小四郎は三べえと共に、村に入った。

神社の境内にしつらえられた縁台に坐り、三べえと酒を吞《の》みながら村の衆が唄い、踊るのを眺めた。江戸の町は提灯《ちょうちん》を吊るすが、この村では松明《たいまつ》をかざしている。薪が時折、崩れて火の粉を舞い上げる。

千草が藍地に蜻蛉《とんぼ》文様を白く染め抜いた夏衣《なつぎ》を着て、踊りの輪の中に入っているのが見えた。肘《ひじ》を曲げて右手を顔前に出し、手首を捩《よじ》って掌の向きを変える。腰を少し落としたかと思えば右足をすっと下げ、踵《かかと》を立てる。そんな所作を繰り返しながら口を閉じたり開いたりしているので、皆と一緒に唄いながら踊っているのかもしれない。

ふうん、栗鼠公の奴、踊れるのか。

太鼓と鉦の音が夜空に響いて、小四郎はまた盃を口に運んだ。秋月の下で吞む酒は無性に旨いような気がする。三べえは早や酔うていて、喋《しゃべ》り通しだ。

「昔は城下も、年じゅう、かようであったよの。夜通し篝火《かがりび》を焚《た》いて、能や狂言を楽しんだ」

「ほうだなあ。大殿は町の者が笑うて集うのを、殊の外、歓んでおりゃあした。大殿は能や狂言を観ておられなんだ。それを観て楽しむ民を眺めておられたがや」

「いや、ご自身も時折、扮装《ふんそう》しとられたがに。江戸の千両役者の数倍も華がおありじゃと、皆、大喜びしとったもんだわ」

城下では憚られる大殿の噂《うわさ》もこの村ではしやすいのか、三べえは辺り構わず大声で口にし、手拍子を打つ。

よく笑う親爺どもだ。もういくつになったろうと思いながら、三人に酌をしてやる。

「ここにおられましたか」

声をかけてきたのは、中間《ちゅうげん》の平作だった。手に提灯を持っている。

「久方ぶりだな。どうだ、容態は」

平作はこの村で百姓をしている兄が病を得て、春から生家に戻っている。男手を失った嫂《あによめ》や甥《おい》、姪《めい》の窮状を見かねてのことだった。

「おかげさまで大分と良うなりましたが、まだ床上げとは行きませぬようで。申し訳ありません、御役を果たせぬままで」

「いや、良いのだ。俺は何とかしのいでおるから、まあ、しばらく手伝ってやれ」

平作は頭を下げ、「あのう」と申し出た。

「山守さんらが、そこの、村役《むらやく》の家で集まっておいでですて。矢橋様も」

「そうか。矢橋殿が帰ってこられたか」

栄之進は方々の御林の視察も兼ねて村を空けるので、ひと月以上顔を見せないこともたびたびだ。

「お出まし願えないかと、おっしゃっておいでです」

「矢橋殿がか」

「いえ、山守さんが」

権左衛門が何用だろう。屋敷に帰ればまた顔を合わせるものをと思いながら立ち上がると、三べえも一緒に「さあて」と腰を上げた。

何でいつもこう、俺に従《つ》いてきたがるのだ。この三人が一緒だと碌《ろく》なことがない。

「ここで呑んでて下さい。すぐに戻りますゆえ」

すると揃って、両の掌をこすり合わせた。

「祭の夜は酒盛りに招かれるものよ。わしらがおらぬと、盛り上がらんだで」

「お誘い、お誘い」

「ほれ、きゃた郎、行こまい」

さっさと先を歩き始めた。平作は三人の後ろ姿を見ながら、首を傾げた。

「どこへ向かっておられるのか。村役の家はあっちではないですがに」

「ちょうどいい。巻いてしまえ」

小四郎は平作の肩を押しながら、足早になった。


村役の家に上がると、見覚えのある連中が十数人集まっていた。栄之進と村役人を除けば、皆、白装束をまとって山に入る天狗衆である。しかもてもじゃないが、酒盛りの賑々《にぎにぎ》しい趣ではない。誰もが面持ちを引き締めて、部屋に入った小四郎を見上げた。

思わず硬い会釈を返して、腰を下ろす。権左衛門と栄之進に目を走らせたが、二人とも茶碗で酒を呑んでいるらしく徳利を傾けている。

村役人はこの地の旧家の当主で、藩から村の年貢の取りまとめや治安自治を任されている。この村役と山守である権左衛門がいなければ、御松茸御用も藩主の御松茸狩も立ち行かないのだ。

今年の御用のことだろうか、それともと察しをつけながら、小四郎は居ずまいを正した。

「さっそくではございますが」

村役が膝を少し動かした。

「榊原様。毎日、山に入っておられるようですな」

やはりその話かと、小四郎は黙ってうなずいた。

「松葉は手強いものでございましょう」

「案ずるな。村の者に助力してもらおうとは思っておらぬ」

「承知しとります。伺いたいのは手入れやのうて、下枝と松葉のことですがや。……榊原様は掻いた松葉を山から下ろして、野道の地蔵様の脇に置かれておりゃぁすか」

皆が一斉に、権左衛門と栄之進も自分を見つめている。

「村の者がそれをいただいて、焚《た》きつけに使うとりますがや。祭の松明も、あの山の下枝で」

「それがしは与《あずか》り知らぬこと。風が運んで、野道に吹き集まったのであろう」

小四郎はとぼけて、酒を啜《すす》った。

山から背負って下りるのは、三つもの籠だ。背に二つを積み上げ、一つは右腕に、左腕には道具の類を持つ。毎日、這《ほ》う這《ほ》うの体《てい》で野道に辿り着くと、小四郎は籠ごと地蔵の脇に並べておく。すると翌朝、中が綺麗になくなっている。

目論見《もくろみ》通り、誰かが中身を持ち去っているのはわかっていたが、そうか、少しは役に立っていたかと安堵する。

俺は頭はいいが、非力だからなあ。

幼い時分から、相撲や腕相撲で勝った例《ためし》がない。どう頑張っても三つの籠を背負って山を下りるのが精一杯で、とても権左衛門の屋敷までは運べなかった。誰かが持ち去ってくれるのなら一挙両得だと思いついたのである。

「ほうですか。風でしたか」

権左衛門が茶碗を掌で温めるようにして持ち上げ、少し笑った。しかも栄之進までが苦笑いを浮かべている。

「何が可笑しいのですか」

小四郎は己の顔をまた掌で隠した。いまだ、山の獣のような擦り傷が残っている。

「いや。まともに訊ねれば、風か天狗のせいにするであろうと権左衛門が言うておったのよ。あんのじょうだったの」

「領民が御林に立ち入って下枝や松葉を持ち出すのは禁じられておりますが、一歩でも御林を出たらその禁制の埒外《らちがい》のはずです」

「ん。かような小知恵《こちえ》を回したのであろうと、皆で察しておったのよ」

小知恵とは、とうとう小者《こもの》扱いかよ。

むっとしながら、栄之進を睨《ね》めつけた。すると権左衛門が掌を左右に振る。

「矢橋様。もうからかうのは止《や》めですがや。そろそろ、本題に入りましょうぞ」

すると村役がうなずいて、話を引き取った。

「じつは、榊原様が一人で山に入られとりゃぁすのを皆、半分は感心しながら、そして半分は案じながら拝見しておりましたがや」

踊りがもう終わったのか、辺りはやけに静まり返っている。

「闇雲《やみくも》に山に入られては、シロまで踏み荒らされるのやないかと、危惧《きぐ》する者もおりますでな。それで、榊原様が手入れしとりゃぁす場を、皆が一人ずつ、己の目でお確かめ申しましたがや」

「いつのまに……」

唖然とすると、誰かが小さく笑った。

「そりゃあ、こんまい時分から入っとる山ですがに。同心様に見つからぬよう動くなど、わけもないことですがや」

「そうか」

「小四郎様はもはや、シロの出る場も見当がつけられましょう」

権左衛門にいきなり問われて、答えようを迷った。

「いや、まだまだだ」

思わず、言葉が澱《よど》む。だが嘘《うそ》ではなかった。ここかと思って辺りを探しても、十のうち半分ははずしている。村の者が代々、親から受け継いできた神の依り代だ。そう簡単に目星をつけられるようにはなれない。

「が、あの辺りは随分と明るうなりました。今年は無理でも、三年、五年後にはシロが戻ってくるやもしれませぬ。そこでわしらも考えましたがや。そろそろ動かぬと、大殿に申し訳が立たぬであろう、と」

「大殿に、か。宗春公のことか」

「さようです。……二十数年も前、この村は今より家が少のうござりましてな。若い者は城下や江戸に出て働きたがり、わしの倅《せがれ》もその口で、山守などしんどいことばかりじゃと町に出て、残ったのは年寄りばかりでございましたがに。領民の立ち入りは今のように禁じられとりませんでしたが、その分、木々や松茸を盗む者が後を絶ちませんでしてな。わしが村と藩の間に立って右往左往しとるのを、倅は苦々しゅう思うとったんでしょう」

権左衛門の声が先細りになっていく。

すると村役が立ち上がって、奥の部屋に向かった。神棚から何かを下ろしている。戻ってきて、小四郎の前で膝を畳んだ。板間の上に紙を広げている。それは半畳ほどもある大きな紙だった。皆がその紙の周囲に集まった。

大きな弧を描いたそれは地図のように見えるが、中には記号めいたものがびっしりと書き込んである。権左衛門は節くれ立った指で紙の畳み皺を伸ばしてから、言葉を継いだ。

「これが上野御林でござりますがや。黒い三角の印は樹齢四十年は経っとる赤松群、白い三角は樹齢が二十年ほどの若い赤松群にござります」

「場によって樹齢が異なるのか」

「山は放置すると、力の強い樹種が占有してしまいますでな。昔は赤松の苗木を入れて手入れするを、ずっと繰り返しとりました。今、小四郎様が手入れをしておられるのは、樹齢が四十年以上は経っとる林ですがに。大殿が初めて御松茸を狩られやぁしたんもこの地で、大層、興味を持たれて、榊原様、つまり貴方の父上にいろいろと調べるように仰せになられましたがや。……それから一年も経たぬうちに、大殿はこの村に御達《おたっし》を下されました」

それは、「余剰の松茸は村の者が売り捌《さば》いて良し」とする内容であったという。

「そればかりではありませぬ。町で喰い詰めた者をこの村に入植させ、寺を勧進《かんじん》し、秋には豊饒《ほうじょう》祈願の祭を開くようにと、芝居者《しばいもの》や狂言師を遣わして下さったこともございましたがや。村の者が総出で唄い、踊るのを大殿に御覧に入れたこともございましたわ。わしや村役で御礼を言上しましたら、大殿は何と仰せになられやぁしたと思われます」

しばらく思案したが、まるでわからなかった。

「これは、取引ぞ、と仰せになりましたがや」

「取引……」

「その昔、榊原様が御松茸は生きもののごとくでございますなと申されたのがきっかけで、大殿は諸方に調べさせ、御自身でもいろいろと推量されたようですがに」

もしかしたら、その過程があの書き付けなのだろうか。

「赤松の根方《ねがた》に棲む土中のもの、本草学では菌と書くらしいが、赤松と松茸の菌はおそらく互いに取引をしておるのだろう。菌はその場から動けぬ赤松のために土中で働き、根を通じて何かを上納しておる。菌もまた、その報酬として赤松から何かを受け取っておるのではないか。そして人は赤松の根方を清浄にして、その報酬として松茸を頂戴《ちょうだい》する。これも、山と人との間で交わされる取引であろう。ならば余は藩主としてそなたらの暮らしを守り、そなたらは御林を守る。これも立派な取引じゃ、と。かように伝言を賜りましたがや」

小四郎は二の句が継げなかった。信じられない考え方だ。

それでは、藩主と領民が対等であると言うも、同然ではないか。

栄之進を見ると、すっと目を逸らした。この中で大殿の言がいかに稀有《けう》で危ないものかを最もわかる身分であるはずなのに、この男は都合の悪い時は決まって伏目になる。

「おかげでこの村も少しずつ人が増えまして、倅も帰ってきましたがや。どこのおなごに産ませたものやら、赤子をつれて」

千草のことだろうか。

権左衛門は小四郎の問いを読んだように、うなずいた。

「わしは領民の立ち入りを禁じられてからというもの、どこかで安堵しとりました。これでもう盗人を出さんで済む、これでええがや、ええがやと。このままわしらが見て見ぬふりを通しとったら、いずれ御林は枯れるとわかっとったのに」

権左衛門は肉の落ちた肩をいっそう狭くする。

「けど、このままでは、この地に心を懸けてくりゃぁした大殿に申し訳が立ちませんがや。大殿が肝煎《きもい》りの芝居小屋や遊郭《ゆうかく》は取り払われても、山だけは残るとお思いでありましょうに。いつか幽閉が解かれたら、きっとまた上野の御林に御松茸狩に訪れて下さりましょうに、その時、かようなざまでは……三べえ様にあの覚書を見せられて、わしは目が覚めましたがや」

いつのまに。勝手に文机から持ち出したのか。

頭に血が昇ったが、権左衛門は洟《はな》を啜っている。

三べえといい、権左衛門といい、昔をただ懐かしんで大殿のことを口にしているのではないらしいと、小四郎は気がついた。

藩政から退いて時を経てもなお、これほど人の心に残っている。そんな藩主が他にいるだろうか。いや、三べえも権左衛門らも大殿のことを恥だと思っていない。今も、自慢の傾奇《かぶき》大名、宗春公なのだ。

権左衛門はしばらく俯《うつむ》いていたが、目を何度もしょぼしょぼとしばたたかせてから、思い切ったように顔を上げた。

「そこで、わしらも小四郎様と共に山に入ることに決めましたがや」

「それはなりません。私がいずれ藩にかけあって必ず立ち入りの御許を得ますゆえ、今はこらえていただきたい」

するとと皆が口々に言った。

「怪我までされたがに」

「もうこれ以上、お一人で気張られるのは止《よ》しにしてちょうだゃあ」

「気持ちは有難いが、皆に禁制を犯させては御松茸同心としての本分に悖《もと》る」

肚《はら》に力を籠《こ》めて、皆を見回した。

開け放した庭先で気配がして、見れば千草だ。三べえも共にいる。勝手に縁側から上がってきて、権左衛門の傍にわさわさと腰を下ろした。

「きゃた郎様のためでは、ないがや」

千草はいつから聞いていたのか、「なあ、じい様」と腕に手を当てた。三べえも千草に加勢する。

「いかにも。自惚《うぬぼ》れが過ぎるぞ、きゃた郎は」

「わしらにも茶碗をくれんか、茶碗」

「道に迷うとるうちに、すっかり酔いが醒《さ》めてしもうただわ」

平作が立って、奥から茶碗を持ってくる。勘兵衛、そして藤兵衛と伝兵衛は立て続けに何杯かを呑み、「のう、権左衛門」と言った。

促されるように、権左衛門が小四郎に目を合わせてくる。

「いかにも。小四郎様のためではございませんがや。わしらは山との取引をもう一度、始めようと思うただけですがに」

「しかし」

つと、栄之進が顔を上げた。

「いや、何も禁制を犯すわけではない。そなたのような小知恵を巡らせてみようかと、まあ、そういう思案がまとまったのよ。今夜、ようやく」

白装束に身を包んだ十五人が山道の入口に集まった。

権左衛門を含む村の者十人、栄之進と平作、そして三べえまでが同じ出で立《い》ちだ。

栄之進が言う小知恵とは、士分である小四郎と栄之進が村の者を中間として雇った体《てい》にする、という案だった。

祭の夜、栄之進はこう説明した。

「村の者は立ち入りを禁じられておるのだから、それぞれを雇い人とすればよいわけだ。私用で使う者を藩に逐一、届を出す決まりはないからな」

「確かに、驚くほどの小知恵ですね」

「その方も、野道に置いた松葉は領民が持ち出したことにはならぬだろうと謀《はか》ったではないか。大した差はない」

そこで小四郎は声を潜めたものだ。

「ですが、この人数を雇う禄《ろく》などどこにあります」

小四郎は百石取りで、おそらく栄之進も微禄、お互い己の暮らしを立てるのにやっとの小身だ。

「同心と山守が自身で手入れをした物については規制がないゆえ、その方がしておる通り、刈った下枝と集めた松葉を野道の地蔵脇まで下ろす。で、村の者はそれを拾う」

小四郎は栄之進の描いた図が読めたような気がして、にやりとした。

「あくまでも拾う、わけですね」

「ん。拾って、それがしが間借りしておる永弘院に運び込む。で、寺から村の者に御《お》救《すくい》として分け与える。……皆も、その方法が良いと賛同してくれた」

「己の報酬を取らぬ、と言ってくれているのですか」

「さよう」

小四郎は考え込んでしまった。たしかに働きに見合う報酬は出せない。しかし、それではどうも気が引ける。

思案していると、夏衣の千草が権左衛門に頼まれて煙草《たばこ》盆を取ってやっている。と思えば三べえの話に耳を傾け、大きな前歯を見せて笑う。が、たちまち膨れ面《つら》になり、今度は両の眉《まゆ》を下げている。また笑う。

くるくるとよくもまあ、表情の変わる奴だ。

そういえば以前、裏山で面白いことを言っていた。鳥や栗鼠が木々から餌《えさ》を得て、その代わりに方々に実を運んでやる。

それも互いの利が一致した、まさに大殿が言う「取引」ではないか。

「やはり報酬は必要です。気持ちだけで続くとは思えませぬ」

山の手入れは今年だけで終われるものではないのだ。目途がつくまで何年かかるか、見当もつかない。

それでも、誰一人として決意を翻《ひるがえ》さなかった。権左衛門が煙管を盆に置いて、口を開いた。

「仰せの通り、山の手入れは果てしなく、辛いことやわからぬことも多うござります。ただ、生まれた時から毎日眺め、出入りしてきた山に手を出せぬことの口惜しさもわしらにはあり申したがや。このまま山が駄目になっていくのを見過ごしたら、子や孫の代、いやもっと先が難渋いたしましょう。山がよみがえれば、報酬は先の代でいただけますがや」

権左衛門の口調は穏やかで、しかも勇んだ風がない。

これ以上、矜《ほこ》りを失うことはすまい。

そう決めているような気がした。

次の日、千草は村の女たちに呼びかけたらしく、何人もが集まって白装束を縫い上げた。

「身分は着物や髷《まげ》でわかってまうゆえ、万一、他の山廻同心の巡視があっても、揃いの装束であれば目につきにくかろう」

これは勘兵衛が言い出したことだった。小四郎は、それで言い逃れができるとは思っていない。しかし手入れは何年もかかる。奉行所の咎《とが》めを受ける可能性は、少しでも先に潰《つぶ》しておきたかった。

勘兵衛はどうやら白装束を身につけてみたい一心の、酔いにまかせた思いつきだったようだが、今日の山入りにも参加するという。これはこれで厄介極まりない。

「足手まといにならないで下さいよ。道具も山中に忘れぬように。おわかりですか」

小四郎が今朝、言って聞かせると、三べえは揃って口の端を曲げたものだ。

「何をぬかす。その方より、足腰はしっかりしとるわ」

「ほんに生意気になりおって。生意気」

「今日こそ、わしらの本領を見せてやるがや」

千草に見送られながら、権左衛門の家を賑やかに出た。

小四郎は皆をもう一度、見回して、御林の見取図を広げた。

村役から預かった図を小四郎が自身で写したもので、持ち場を大きく三つに分けてある。「壱」と記したのは樹齢が四十年前後の林で、今も松茸がよく生える場だ。ここが今年の御用を果たすので、権左衛門と村の者四人が手入れを受け持つ。

「参と記した箇所は樹齢が二十年から三十年ほどの若い林ですが、赤松の陣地を灌木《かんぼく》の類が攻めつつあります。これを今のうちに伐採《ばっさい》しなければなりませぬ」

栄之進が「ん」と首を縦に振った。

「そこは、それがしが受け持とう。灌木と赤松の違いは見分けがつく」

「お願いします。下草も刈り、土の表が出るようにして下さい。草が地面をおおうと、その分、湿気がこもりますゆえ。ただ、赤松自身も多少は間伐が必要かもしれませぬ。一本ずつの根元が明るくなるよう、間引いて下さい」

「相わかった」

栄之進には山をよく知る村の者五人が伴うので、その選別は村の者に相談しながら行なえるだろう。

「で、わしらの戦場《いくさば》はいずこじゃ」

勘兵衛が頭を振りながら、腕まくりをする。小四郎はやや心許ないが、三べえ、そして平作を伴って動くことにしていた。

「ここ、弐の場です。昔はよく生えたと言われる地で、赤松は三十年から四十年。樹齢から申せばまだまだ松茸が採れるはずですが、長年、雑木に光を奪われて木々に勢いがありませぬ。ここは雑木の伐採をした上で土を見て、場合によっては土を掘り返します」

「や、ややや。掘り返すとな……それは、いかほど」

「三反《たん》ほどですから、まあ、名古屋城の御本丸《ごほんまる》ほどでしょう」

軽く脅してやると、三べえは急に「腰が痛む」などと不調を訴え始めたが、小四郎は鍬《くわ》を一本ずつ押しつけた。

「さて、参りましょうか」

白天狗らは「おう」と鬨《とき》の声を上げ、次々と山道を登り始めた。

第六章

七月も半ばの初秋だが、今日はやけに暑い。小四郎は汗を拭《ふ》きながら名古屋城本丸に向かって歩いていた。

正装である熨斗目《のしめ》麻裃《あさかみしも》を役宅の葛籠《つづら》から引っ張り出したのは、猪首《いくび》の伝兵衛だった。

「ややや、これはいかん。うちの妻《さい》のごとく縮緬皺《ちりめんじわ》が寄っとるがや」

藤兵衛が「いや、あの皺はまっと大きかろう」と赤鼻の脇を掻《か》く。

「ほれ、孫らがよう遊んどる、あの折紙みたいのが目尻からくっきりと」

「おぬし、他人の妻女にも詳しいのう」

「とやこう言うとらんと、火のしをあてぇ。いや、霧じゃ、初めに霧を吹くんだわ」

瓢簞頭《ひょうたんあたま》の勘兵衛が裃を奪い、指図をする。三人で諸肌脱ぎになって霧を吹き、火のしを当てるが、その最中も婆さんのように喋《しゃべ》り続けている。

「そろそろ、身を固めてもらわんとのう。小四郎は、いくつになったが」

「二十八だろう。少年老い易《やす》し、光陰矢《こういんや》のごとし」

それを言うなら、少年老い易く学成り難《がた》し、一寸の光陰軽《かろ》んずべからず、だ。

「道理で。老けたの」

「うだつの上がらぬ御松茸同心じゃで、よほど物好きでないと嫁の来手はないわなあ。ないわ」

「やれやれ。いつまで面倒見てやらんといかんのかのう」

己らで勝手にまとわりついてるくせにと内心で舌を出しながら、小四郎は戸口前の土間に下り、「行って参ります」と辞儀をした。

外に足を踏み出した途端、勘兵衛が背後から訊《たず》ねてくる。

「小便は済ませたのか」

子供じゃあるまいし、何でそこまで。

「ちぃとは上役に愛想よくいたせよ。それで心証《しんしょう》は大分、変わるでの」

「承知しております」

藤兵衛がさらに追い討ちをかけてきた。

「御咎《おとがめ》に対して、つけつけ物申すでないぞ。くれぐれも神妙に、神妙に」

「心得ております」

逃げるように足を速めた。まったく面倒臭い。

「小四郎」

「何ですか、もうっ」

たたらを踏んで見返ると、伝兵衛が戸口から四角い顔を突き出している。

「忘れ物」

「あ」

腰に手を当てながら慌てて引き返すと、刀を持った伝兵衛が外に出てきた。勘兵衛と藤兵衛は揃《そろ》って腹を抱えている。

「たわけぇ」

たわけはたぶん伝染《うつ》るのだ。

しばらく歩いて京町通りへ出ると、妙に汗ばんできた。額の汗を拭《ぬぐ》いながら歩くうち、これは暑さではなく人が醸《かも》す熱気なのだと気がついた。

上野村の初秋の朝は草の匂いがする風が吹き渡り、野道では彼岸花《ひがんばな》が黙って揺れている。ところが京町通りでは江戸の日本橋のように人が多い。大店《おおだな》の暖簾《のれん》の前では大八車から盛んに荷が積み下ろしされ、物売りが行き交い、町人が軒下で立ち話をしている。天水桶《てんすいおけ》の前で犬が店の小僧に吠《ほ》えたので手桶を引っ繰り返し、番頭らしき男が「とろくせぇのう、お前ぁは」と小僧を叱《しか》る。朝帰りなのだろうか、三味線を抱えた幇間《ほうかん》があくびをしながら行き過ぎる。

六年前だったか、御松茸狩で朋輩の尾田が口にしていた通り、尾張藩の財政は好転し、城下の町はさらに賑《にぎ》わっているのが肌でわかる。

藩主、宗勝公は倹約令で財政難を乗り切るだけでなく、私塾を援助して藩士教育にも力を注いだ。二年前の宝暦《ほうれき》十一年（一七六一）の六月に逝去し、今の尾張藩は第九代藩主、宗睦《むねちか》公の御世となっている。

三年であったはずの御松茸同心を小四郎が勤めて、今年で十度目の秋を迎える。だが、己がもはや生涯、藩政にかかわれぬであろう身になったことに、何の痛痒《つうよう》も感じていない。それどころか、こうして裃をつけている己が落ち着かないほどだ。

十日前、御林奉行所から文が届いた折も、小四郎は首を傾《かし》げた。文には御林奉行、中村喜右衛門《なかむらきえもん》からの呼び出しとしか記されておらず、「七月十三日登城のこと」と指示されていた。

御奉行が俺に、いったい何用だろう。

毎年、御松茸の御用に応え、追加の注文もこなし、二年前からは余剰も出している。これは藩邸出入りの御用商人によって江戸で売り捌《さば》かれ、藩の実入りになりつつあると栄之進から聞かされていた。

そもそも、今の御奉行が小四郎の存在を知っていること自体が不思議だった。松茸の注文は内勤の同心が文を出してきて、品を送る。藩主の御松茸狩の際は上から下までがぞろぞろと山に入るが、小四郎らは前夜までが大仕事で、当日は影のように控えているのだ。

「きゃた郎、とうとう御咎《おとがめ》を受けやぁすのか」

囲炉裏で茶を焙《ほう》じていた千草は、眉根《まゆね》を寄せていた。村の者が山に出入りしていることが奉行所に露見したのではないかと案じているのだ。

「兵法暗《ひょぼく》れだがに。大丈夫か」

「村の者が御林の手入れをしてくれるようになって、もう五年経つんだぞ。これまで気づかなかった奉行所が、どうかしている。内勤の者らが文机にかじりついて、回ってくる書の類しか見ておらぬからだ。怠慢も甚だしい」

「そんなどえりゃあこと、上役らに言うたら、いかんてえ」

「案ずるな。村には迷惑をかけぬようにいたすゆえ」

小四郎は大口を叩いてから、奥で臥《ふ》している権左衛門に目をやった。

権左衛門は御林が明るさを取り戻し、シロが年々、増えるのを見届けたとばかりに床《とこ》についた。この半年は寝たり起きたりを繰り返している。それでも山を見たがるので、時折、小四郎が背に負って庭に出る。すると真っ白になった睫毛《まつげ》を何度もしばたたかせて、満足げに頰を緩めるのだ。

「殿は今年、御松茸狩に来《こ》りゃあすか」

「そうだな。また騒動だな」

権左衛門が言う「殿」が前の、さらにその前の藩主、宗春公を指していることは、小四郎も千草も気づいていた。

「今年は如何《いか》なる出で立ちでお出ましでしょうな。若武者のごとく、緋色《ひいろ》の小袖《こそで》に唐《とう》人笠《じんがさ》をおつけになっとりゃあすか。陣羽織はあの、総毛を振り立てた唐獅子《からじし》の刺繡《ししゅう》でござりましょうの」

そんな華美な装いをするのは、大殿しかいない。

宗春公は今も、城下の南東にある御下屋敷に幽閉されたままだ。元文《げんぶん》四年（一七三九）、四十四歳で幕府から藩主の座を追われ、じつに二十四年もの間、蟄居《ちっきょ》を解かれていない。公儀はおそらく大殿が亡くなるまで放免《ほうめん》せぬだろう、それが大方の見方である。

小四郎は城の豪壮な石垣を見上げながら袴《はかま》の紐《ひも》に指を入れ、腹の据わりを締めた。さあて。俺は蟄居か御禄《おろく》召し上げか。それとも阿呆払《あほうばら》いか。いずれにしても、権左衛門らだけは守らねばならぬ。

そう思い決めることで、何とか己を支えていられる。

千草が言うように、俺は兵法暮れ、小心者だからなあ。

小四郎は、「己が腹を切れば済むことだ」とは、どうしても思えない。痛いのも死ぬのも、怖い。断じて御免蒙《こうむ》りたい。

母上は俺が切腹を申し付けられたと知っても、眉一つ動かさないだろうが。

江戸で手習塾を開いていた稲はさんざん迷った挙句、その資金を出してくれた大店の後妻に納まり、義理の娘らをとっとと嫁に出して片づけ、歳の離れた亭主を見送った。その後、大番頭から店を差配してくれと懇願されるも袖にして、今は一人暮らしをしている。といっても、嫁ぎ先から随分とふんだくったらしく、女中を五人も遣う悠々暮らしであるらしい。

それにしても鼻が利《き》くと、小四郎は栄之進にも舌を巻く。まるで事態を予見していたかのように、この春から姿を見せないのである。雪解けの音を聞いた時分であったから、かれこれ半年になる。それまでもふいに遠出をすることがあったので誰も気に留めていなかったのだが、さすがに此度《こたび》は留守が長いと千草も案じたので、永弘院《ようこういん》を訪ねてみた。

「私どもはてっきり、御山守《おやまもり》の屋敷で寝泊まりされとるとばかり思うとりましたが」

納所《なっしょ》の小坊主が栄之進の部屋を案内してくれたが、畳の上の埃《ほこり》が舞っただけだった。

「皆、おらんようになる」

小四郎が屋敷を出る朝、千草は怒ったように呟いた。そのまま囲炉裏端にへばりついて、目も合わせなかった。栗鼠《りす》公のように背を丸めて、焙烙《ほうろく》を回していた。

あいつ、俺が死ぬと思い込んでいる。まったく、縁起でもない奴だ。

千草に腹を立てると、なぜかいつも元気になる。我ながら、じつに不可解だ。

濠《ほり》に群れる水鳥を見ながら、小四郎は橋を渡った。


一刻《いっとき》ほど待たされた後、御林奉行である中村喜右衛門が現れた。

「榊原小四郎、苦しゅうない」

上席手代に声をかけられ面《おもて》を上げた。御奉行を中心に、左右にずらりと三人ずつ並んでいる。いつからだったか、あの瀬川という上席手代が御松茸狩に供をしなくなり、出世をしたはずの朋輩《ほうばい》、尾田も姿を見せなくなった。藩主が代わると家臣の入れ替えも行なわれるものだが、それにしても面識のない御仁ばかりだと思いながら、小四郎は背筋を立て直す。

「その方、上野御林を回復させたとの由《よし》。如何《いか》なる方法で執《と》り行なったのか」

小四郎に問うたのは右の末席の若い手代で、帳面を見ながら読み上げた。なるほど、吟味の内容はあらかじめ打ち合わせが済んでいるらしい。この、筋書ありきの事の運び方に憮然としつつ、不思議と懐かしくもある。

「申し上げます」

小四郎は樹齢によって御林の状態が異なっていたため、それに合わせて手入れを変えて臨んだことを報告した。

「樹齢が四十年前後の群れの土を掘り起こしてみますと、古綿《ふるわた》のごとき菌糸《きんし》の層が広がっておりました。つまり土が腐れた忌地《いやち》になっておりましたのでこの害菌の塊《かたまり》を取り除き、土を陽に当てて乾燥させ申しました」

「きんし、とは何ぞや」

御奉行がやにわに訊《き》いてきた。鶴《つる》のように痩《や》せており、声もやけに高い。

「その昔は草冠に因の菌と書いて、きのこと呼んでおりました。菌糸とは御松茸の正体であるらしき者の、いわば触手《しゅくしゅ》でござりまして、喩《たと》えますれば、蜘蛛《くも》の糸を集めて束ねたごときもの。これが粘って幾重もの網状になっております。それが松茸の窠《す》にござります。どうやらこの窠の菌糸が生長して御松茸になると、それがしは推しておりますが、雑木《ぞうき》が進出いたして林床に陽が届きませぬと窠が枯れて死に、死んだ者は必ず腐敗致しますれば、御松茸の生えぬ土壌になりまする」

御奉行を始め、皆が気色《きしょく》悪そうに口をすぼめている。

あんのじょうだ。いかに詳しく語っても、山を知らぬ者には想像もできぬ話だろう。

なればこそ、煙に巻いてしまえる。

「書物の虫干しのごとく、日光によってこの腐れ菌を退治いたし、下枝を刈り、近頃、ようやく土がよみがえって参りました。ただ、松樹は常緑とはいえ、葉を落とさぬわけではありませぬ。人の知らぬ間に葉の更新はなされますゆえ、常に松葉が堆積《たいせき》いたします。この除去が肝心にござります」

御奉行が感心したように「ほう」と漏らしたので、皆も一様に「ほう」と口を揃《そろ》える。

「松葉を敷いた庭は風流じゃが、取り除いてしまうのか」

「仰せの通り、敷き松葉はおそらく庭師が風流で置くもので、放置したものではござりませぬ。まして御林で御松茸を得ようと思わば、地表は常に清浄を保ち、養分を溜《た》めぬが肝要」

すると上席手代が「はて」と、口を挟んだ。

「養分を溜めぬと申すか。草木は皆、養分を欲しがるものであろう。……いや、拙者も少々、庭いじりをいたしておりまする」

おもねるように、御奉行に顔を向ける。

「肥料をやってこそ梅も芍薬《しゃくやく》もよう咲きますゆえ、草肥《くさごえ》を手前で作りまして、そこに干鰯《ほしか》も少々混ぜまするが、この按配《あんばい》が……」

己がいかに施肥の腕に優れているか、自慢を織り交ぜる。小四郎はつい、「否」と首を横に振った。

「そこが素人の間違いやすいところに、ございます」

口にしてから「しまった」と思ったが、遅かった。素人と言われて、相手は口の端を曲げている。仕方ない。出してしまったものは取り返せぬと、小四郎は咳払《せきばら》いをしてから両の腕を上げた。

「赤松と松茸の菌は、いわば主君と家臣のようなものでござります」

両肘《りょうひじ》を曲げ、右手の拳を握ってみせる。

「こちらが主君の赤松」

左手も拳を作る。

「こちらが家臣の、松茸菌といたしますれば……家臣は、土の中に張った主君の根を棲《す》み処《か》にしております。御城下でいいますれば、我々足軽のごとき軽輩が御城から遠い地に役宅を賜っておりますごとく、先端の細根《ほそね》で暮らしております」

これは小四郎が土中を見てたしかめたことだった。シロは重臣たる太根《ふとね》ではなく、そこから生えた細い髭根《ひげね》に寄りついていたのだ。

「この松茸菌は土の中の養分と水分を主君たる赤松に上納し、赤松はその報酬として何かを受け取っております」

「何か、とは曖昧《あいまい》ぞ。明確に答えよ」

臍《へそ》を曲げたらしい上席手代が声を尖《とが》らせる。

「目に見えぬやりとりゆえ、何かとしか申せませぬ。ただ、我らが頂戴《ちょうだい》しておる扶《ふ》持米《ちまい》のごときものか、と推察いたしております」

「待てい。主君から頂戴する御扶持を、胡乱《うろん》な菌の喩えに用いるとは、不敬が過ぎようぞ」

小四郎は「はッ」と平伏した。

「良い。榊原、続けよ」

御奉行の高い声が響いて、小四郎は再び背を立てた。

「その、主君と家臣は代々、主従の契りを結びおろうに、何ゆえ不作が起きる」

小四郎は「御奉行、いいご質問です」と膝を打ちそうになって、言葉を呑《の》み込む。

いかん、落ち着け。余計なことは喋るな。

「それが先ほどの、松葉掻きとかかわりがござります。赤松と松茸菌は双方の利をもって生きておりますが、地表に松葉や枯葉が溜まりますと松茸菌は手近なそこから養分を取ります。主君のために働かずとも生きてゆけますゆえ、上納の減った赤松はやがて痩せ衰えていきます。一方、松茸菌の窠もいずれは地表の腐れによって腐敗し、衰退いたしまする」

「赤松と、その菌たる者は共に生きておる、相身互《あいみたが》いということか」

「仰せの通りにございます。……ただ、近頃、もう一つ、気がついたことがござりまする」

「申してみよ」

「赤松も松茸菌も、それが山の意志であれば、各々、雑木に埋もれて滅びてゆくも運命《さだめ》でありましょう。ただ、我々、人がそれを惜しいと思うのでござります。松葉を掃き切った赤松林を美しい、清々《すがすが》しいと思い、土地の民は昔から、松茸が輪を描いて生える風景を神の依《よ》り代《しろ》と見て参りました。山に分け入ってその恵みを頂戴してきたからこそ、神の棲める山であると感じ続けて参ったのでござりましょう。向後も山の恵みを頂戴せんと望むなら、我々は赤松と松茸菌のかかわりが続くように手を尽くさねばなりませぬ。それが、山を守るということです」

小四郎はそこまでを言い切って、小さく頭を下げた。

「相わかった。今後、他の御林にもその方が行なった回復法を取り入れるか否か、吟味させせよう。ついては」

御奉行が細く長い首を立てて、小四郎の眉間《みけん》にまなざしを投げてきた。

さあ、詮議《せんぎ》はこれからだ。小四郎は生唾《なまつば》を呑み下して身構えた。

藤兵衛は下男のように尻端折《しりはしょ》りをして、洗濯物を干している。

「さようなことは自分で致しますから」と止めても、「男の独り住まいで汚れ物を溜めとっては、臭《くそ》うて堪らんがや。臭い臭い」と聞き入れてくれない。出入り口の戸を引く音がして、勘兵衛と伝兵衛が帰ってきた。

「潰《つぶ》し鶏《かしわ》が手に入った。根深《ねぶか》を入れて、味噌《みそ》煮込みと洒落込もうかの」

「今宵もまた酒が進むのう」

伝兵衛がさっそく板間に坐り、包丁で鶏と根深をぶった切る。

「ああ、もそっと、こう、まっすぐ刃を立てんか。おぬしはほんに刃物が遣えぬで、だちかんわ」

勘兵衛は文句を言いながら七輪に鍋《なべ》をかけ、徳利から酒をどぼどぼと注ぎ込んだ。

「ややや、鍋に呑ませて如何する。勿体《もったい》にゃあ」

「酒はの、肉の甘味を引き出すんだわ。……ああ、ここに松茸があったらのう」

ちろりとこっちを窺う。上野では傘の開き過ぎた松茸を撥《は》ね、焼いたり煮たり、冬は鴨《かも》を潰して鍋に仕立て、そこに割《さ》いた松茸をふんだんに放り込んで食べたものだ。薬喰《くすりぐ》いと称して猪《いのしし》の肉を甘辛く焼き、そこにも松茸や根深、豆腐を入れてぐつぐつと煮る。芯から躰《からだ》が温まった。

御奉行から役宅での待機を言い渡されて二月近くが経ち、もう九月も十日となっている。

上野御林はそろそろ松茸の時季を迎える。シロの確認をして今年の見込みを立てねばならぬのに、小四郎は身動きがつかない。平作が上野とここを行き来して指図はしているものの、どうにも落ち着かない。権左衛門の広い屋敷に慣れてしまったのか、小四郎はこの役宅が他人の家のような気がする。

ましてや山が遠くにしか見えぬのが、何ともつまらない。もうあそこへ帰ることはかなわぬのだろうかと思うと、己でも馬鹿なことを申し出たものだと肩が落ちる。

「たわけぇ。加増してやると向こうが言うところうが。それを何ゆえ辞したがや」

城の詮議から戻った時、待ち構えていた三べえに揃って責められた。

「御松茸同心の精勤により、褒賞を遣わす」

御奉行はそう告げたのだ。上席手代を始め、皆が目を丸くしていたのでそれは恐らく知らされていない筋書であったのだろう。

「殿の御慈悲じゃ。有難くお受けせよ」

当代の藩主、宗睦公が着任して早々の二年前、江戸の大樹公、家治《いえはる》公に献呈した御松茸の手柄だった。美しさと芳しさ、味も他藩に抜きん出た絶品であったと、直々の礼を賜ったという。それが上野御林の産だとわかり、此度の褒賞となったと御奉行は言い添えた。そういえば、昨年は京の禁裏《きんり》への献呈品も上野が御用を務めた。

だが小四郎は加増を辞退した。そして、願い出たのである。

「大殿に、御松茸狩にお出ましいただくわけには参りませぬか」

「大殿、となな」

御奉行がそう繰り返した途端、列座した者が顔色を失った。上席手代が両膝を持ち上げるようにして叱咤した。

「控えよ。同心ごときが出過ぎたことを申し出るでない」

するとほかの者も口々に言い立てる。

「御褒めを賜ったからというて、たちまち増長しおって」

「いや、乱心ぞ。こやつは山に執心するあまり、尋常ではのうなっておる」

「先ほども訳のわからぬことを言い立てておったの。痴《し》れ者ではあるまいか」

「まして……大殿の御名を」

禁忌を口にした小四郎を、皆は封じ込めにかかった。

「御奉行、こやつは捨て置きましょう」

御奉行は黙って、欄間《らんま》の辺りを見ていた。膝の上で扇子を開いては閉じ、それを繰り返す。やがてその音に耳を澄ますかのように場が静まり返った。長考の末、ようやく唇が動く。そして御奉行はこう告げたのだ。

「追って沙汰《さた》をいたす」

その顚末《てんまつ》を話した三べえから、小四郎は突つき回された。

「幽閉されたままの大殿に外出《そとで》の許可を下すなど、それは我が藩の裁量を越えとるわ。御公儀に伺いを立てねばならぬ大事であることくらい、おぬしも承知しとろうが」

「何ゆえかような申し出をした。おぬしが忠義ではなかろう」

「父か。清之介が生前、何か言うとったがか」

小四郎は首を横に振るしかない。父は一言も大殿のことを口にせぬまま、今から思えばすべてを諦念《ていねん》したかのような暮らしぶりだった。三べえの方がよほど主君への思いを忘れていないような気がする。

まして忠義など、大きな声では言えぬが昔から感じたこともない。出世したい、大舞台で己の力を確かめたい、それしか願わなかった。御林の手入れに一人で挑もうと思ったのも、元はと言えばおなごのように白い顔をした尾田に見下されて口惜しかっただけのことだ。

「己でもわからぬのです。褒賞を下されると耳にした途端、であれば、大殿に御松茸狩を、と」

あの覚書を繰り返し開き、読んだせいなのだろうか。

父の走り書きと、大殿の雄渾《ゆうこん》な絵を眺めるうち、若き主君と家臣をすぐ目の前で見ているような気がした。そこに吹く松風の音を聞き、松葉を共に踏んだような気がしたのだ。

しかし。やはり俺はどうかしていたのだと、俯《うつむ》いた。

せっかく御松茸同心として殿にも奉行所にも認められたのに、己の手でぶち壊した。

「小四郎、煮えとるぞ」

藤兵衛に小皿を渡されたが、味がしなかった。


五日の後、小四郎は朝からぼんやりと縁側に坐っていた。

二間きりの役宅は庭も狭く、鳥も訪れない。時々、猫が入って小便をして行くらしく、藤兵衛がしっしっと箒《ほうき》で追い払っている。

三べえが訪れるのはだいたい昼前で、来たら煩《うるさ》いと思うのだが、一人であると何をする気も起きない。たまには母上に文を書こうか、それとも権左衛門と千草にと思いながら、何もかもがだるかったりする。

「御免」

戸口で人声がした。鳩尾《みぞおち》が硬くなり、すくみ上がる。

御沙汰《おさた》だ。落ち着け。

大きく息を吐いてから立ち上がり、身を返す。

「無沙汰した」

背の高い男が身を屈めるようにして入ってきた。束の間《つかのま》、誰だろうと目を凝らした。

矢橋栄之進だ。

「いったい、どちらにおられたんですか」

思わず声が大きくなる。

「まあ、色々と取り込みがあった。心配かけた」

「案じてなどおりませぬ。怒っておるのです。まったく、ふいに消えるとはあんまりな」

が、栄之進は眉一つ動かさない。おまけに風采《ふうさい》が上がっているではないか。着物から刀までずっしりとして、筋目のある武士に見える。小四郎が知っている栄之進は年じゅう粗末な形《なり》で、虱《しらみ》を湧《わ》かしていた。

「外に出られるか」

顎《あご》をすいと動かす。

「それが……出られぬのです」

「沙汰なら明日だ。明日、遣いが参る。ちと案内したい所があってな。いや、着流しのままではまずい。羽織と袴をつけろ」

何だ何だ、いきなり消えて、今度は強引に「顔を貸せ」か。しかも奉行所の成行《なりゆき》まで摑んできている風だ。

小四郎は不貞腐《ふてくさ》れながらも身支度を整え、一緒に外に出た。

栄之進は同心の組屋敷《くみやしき》が集まった界隈《かいわい》を抜けて南に下り、賑やかな京町通りをさらに渡る。

やがて寺や神社の多い辺りに出た。やけに静かだ。

「御沙汰が明日だと、何ゆえ知っておられる」

歩きながら訊ねてみたが、栄之進はまともに取り合わない。有無を言わさぬ所業に腹を立てながらも、小四郎は引き返せなかった。あれもこれも聞き質《ただ》したいことがあり過ぎる。

白塀がどこまでも続く道に出て、栄之進はふいに足を止めた。小四郎は木立に包まれた屋敷を見上げ、呟《つぶや》く。

「御下屋敷《おしもやしき》ですね。ここは」

「さよう。小四郎、御松茸狩の許しが出るぞ」

「まことですか」

思わず大きな声が出て、肩をすぼめる。すると栄之進はまた歩き出した。

「ただし、御林のどこでもない。大殿は、八事山《やごとやま》の興正寺《こうしょうじ》に参詣《さんけい》を許された」

「興正寺」

「ここからさらに南、城下でも最東南の寺だ。そこで境内《けいだい》を散策され、御松茸を摘まれる。つまり表向はあくまでも、寺詣《もう》でだ」

「境内に御松茸はあるのですか」

「わからぬ。それを今から確かめに行く」

「栄之進殿、貴公はいったい何者なのですか」

横顔に嚙《か》みつくように問うたが、いつもの調子だ。毛筋ほども表情を変えない。

「おぬし、随分と足が早《はよ》うなったの。前はわしについてこられなんだが」

「話を逸らさんで下さい」

「奉行所の瀬川といったか、上席手代を務めておった男。あの者は、永《なが》の御暇《おいとま》を賜ったようだ」

永の御暇とは馘《くび》である。

「何ゆえですか」

「あの、尾田という若造と結託いたし、商人から賂《まいない》を取っておったらしい。入札《いれふだ》で決めねばならぬ御松茸御用を何軒かの商人に独占させて、その代わりを色々と手に入れておったというわけだ。……珍しくもない、掃いて捨てるほどあるやりようだが、露見すれば何もかもを失う取引よの。尾田も尾張から所払《ところばら》いとなった」

小四郎は「ざまあみろ」と叫ぶ気にはならない。もう相手にもしていなかった二人であるし、むしろ毎年、千両も積み重ねてきた借財が気になった。

「賄賂《わいろ》を贈った方も同罪ゆえ、借金は棒引きだ。まあ、江戸にも出店《でだな》を持つ大店《おおだな》ゆえ、闕所《けっしょ》取り潰しに遭わなかっただけでも儲《もう》け物だろう」

厭《いや》な気になった。かようなやり口は他藩でも、そして公儀でも度々、行なっている。借りた物は返さねばならぬのではないか。でなければ天下が治まらぬのではないかと、小四郎は鼻から息を吐いた。

「我が藩だけが得をした勘定《かんじょう》ではありませぬか。それが露見したのはいつですか」

「露見はしておらぬ。内々で調べが進み、事が処理された。先年のことだ」

そうか、誰かが奉行所で内偵していたのだ。

気がつけば、数歩、栄之進の後ろを歩いていた。

その頑強な背中を小四郎は睨《にら》みつけた。


興正寺は八事山の中に建立《こんりゅう》されたらしく、広大な庭を持っていた。池泉《ちせん》が築かれ、境内も広い。

若い僧侶が出てきて、栄之進に丁重に挨拶《あいさつ》をした。

「この者が拝見するゆえ、案内を願いたい」

僧侶の後ろに従って庭の奥に進むと細い登り道がうねるようにつけてあり、やがて鬱蒼《うっそう》たる山に入っていく仕立てである。山を取り込んで作庭したものか、赤松の林もあった。だがここも雑木に押されて枝葉が混み合い、晴れた昼間も暗いような林床だ。

「ここで、狩るのですか」

「ん」

「今から手入れしても、今年は到底、間に合いませぬ。精々、数本しか生えておらぬでしょう」

「ここでしかできぬ。他に選択の余地はない」

小四郎は暗澹《あんたん》として、林を見上げた。


栄之進が予告した通り、翌日に奉行所から呼び出しを受け、御奉行から御沙汰を申し渡された。

小四郎が平伏していると、御奉行の高い声に「面を上げよ」と促された。ゆっくりと顔を上げると、目が合った。

「今月、九月の晦日、大殿が八事山の興正寺に詣でられることと相成った」

正式に御許が出た。

「榊原小四郎。その、供を命ずる」

「かしこまりました」

御奉行は小さく頷き、相好《そうごう》を崩した。

「加増を辞すとは、昨今、珍しき武士《ますらお》ぶり、願い通りにさせてやるがよいと、殿は仰せであった。有難くお受けせよ」

「はッ」

そして御奉行は、「頼んだぞ」と言った。

「心して、務めませい」

平伏して、そのまま動けなかった。胸に熱いものが迸《ほとばし》って、抑えようがない。しかし御松茸狩の当日まで、十四日しかない勘定だ。

小四郎は下城した足ですぐに東へ、上野村へと走った。

庭から入ると、千草が笊《ざる》に何かを並べて干していた。

「ただいま、帰り申した」

すると千草はきょとんとして立ち上がった。笊で豆を干していたのか、方々に落ちて散らばった。頰の辺りを膨らませてもぐもぐさせるので、大きな前歯が見える。

やはりこいつは栗鼠公にそっくりだ。

やがて顔じゅうを真っ赤にして、地団太《じだんだ》を踏んだ。

「無茶だがや。お前ぁさんのなさる事は、いつもいつも」

中間《ちゅうげん》の平作から、小四郎が沙汰待ちであることを聞いていたのだろう。目尻まで赤くして憤慨している。

「すまぬ」

「詫《わ》びるようなことは、端《はな》からせんことだわっ」

小四郎は逃げるように縁側から上がり、奥に入った。薬湯《やくとう》の匂いがして、一回り小さくなった権左衛門がそこに寝ていた。たった二月の間にと、胸を衝《つ》かれた。

「権左衛門、帰ったぞ」

わざと声を張り上げると、床の中で起き上がろうとする。

「良い、そのままで良い」

「いたわらんで下され。わしはまだまだ、くたばりはしませんがに」

囲炉裏端に坐りたいと言うので、背中に手を回して起き上がらせ、腰を支えながら移らせた。やはり躰が骨張って、天狗とは思えぬ歩きようだ。いつもの席に坐ると、嗄《か》れた声で訊ねた。

「して、如何相成りましたか」

千草が綿入れを持ってきて、肩に羽織らせている。

顚末《てんまつ》を話すと、権左衛門は顔じゅうの皺を寄せて破顔した。

「御許が出ましたか」

その後の言葉が続かず、何度もうなずいた。

「ところが、あの御林ではどうにもならぬ」

小四郎は興正寺の赤松林の様子を話した。道中、あれこれと手立てを考えたが、何も浮かばないままだった。権左衛門はしばらく黙っていて、「また小知恵を使うことにいたしましょうか」と言った。

「小知恵か、またも」

小四郎が思わず身を乗り出すと、権左衛門の目に力が戻る。

「わしも父に聞いた話でござりますがの。その昔、姫様が御松茸狩を所望されたことがありましたそうな」

「姫……となると、江戸か」

藩主の奥方と御子らは江戸藩邸の奥で暮らしている。

「はい。まだ幼い姫でありゃぁしたんで、遊びで所望されたのでしょうな。ですが藩邸の庭は庭木のためにたっぷりと肥料を弾んだ肥え土で、とても御松茸が生えるような土壌ではございませんがに。そこで……」

権左衛門が持ち出した案は、何とも言いようのない方法である。

小四郎は「とんでもない」と、否を唱えた。

「姫や女中らの気散じならそれも良かろうが、まことの御松茸狩をご存じの大殿にそんな子供騙《だま》しのやり方は通じまい」

大殿は赤松を山の「神」と見做《みな》し、松茸の正体であるシロを「神に仕えし者」と看《かん》破《ぱ》していたほどの御方だ。土壌についての考察も、覚書に記されていた。あの記述が契機となって忌地を掘り返し、御林を甦《よみがえ》らせることができたのである。

「小四郎様、ここは割り切るしかありませんがや」

「割り切れだと。権左衛門の言《げん》とは思えぬな」

大殿がようやく許された外出《そとで》なのだ。しかもこれが最後かもしれぬ。数十年ぶりで、そして最後の御松茸狩になるかもしれぬのだ。

「割り切るとは、分けて考えるということですがや。大殿に御松茸狩をしていただきたいのか、それとも……」

権左衛門が咳込《せきこ》んだので千草が背をさすり、こっちを睨む。

「相変わらず、きゃた郎様じゃ。じい様は最初から、小知恵だと言うとりましょう」

一言も返せず、千草を見返した。

——分けて考える。

その夜、権左衛門の案を小四郎は考え続けた。


興正寺の庭に入り、寺の許を得て枝を透かし、払っていく。

寺は初め、庭師でない者が木々に手を入れることに良い返事をしなかったが、こうするといずれ松茸が生えてくると伝えると、喜んで「諾」を下した。

上野村の白天狗《しろてんぐ》らは御松茸御用で忙しい時分であるにもかかわらず、城下まで駆けつけてくれた。共に枯葉を除き、松葉を掻く。村で用意する例年の御用の指図は、権左衛門と村役が一手に引き受けているようである。

寺の赤松林は百本ほどの規模で、十日で林床に陽射しが届くようになった。

この風景を作らねば、御松茸狩の背景にはならない。

小四郎は一か八か賭《か》けるような気持ちで、枝を透《す》かして回る。当日まであと二日だ。

役宅に帰ると、夕餉《ゆうげ》の匂いがした。三べえは毎日のように支度をして、小四郎を待っているのだ。

「ただいま戻りました」

「ご苦労でした」とさっそく藤兵衛が出てきて式台の前に膝をつき、大小を受け取る。すっかり飯炊き婆さんが板についてきたような所作で、何とも奇妙な心地にさせられる。三和土《たたき》に小さな草鞋が見えて顔を上げると、

「ちょうど今、来《こ》らしたところじゃ」と、促すように奥に顎を向けた。

「平作が供をして参ったんだが、荷を置いたらすぐに上野に引っ返したわ」

平作は今朝、採取したばかりの、しかも髭根付きの松茸を百本運んできている。千草がきょときょとと家の中を見回して、「狭っ」と呆れ返っている。

「悪かったたな。同心の役宅など、皆、こんなものだ」

奥に向かいながらそう言うと、千草が前歯を見せた。

「うちの雪隠《せっちん》ほどだがや」

と言いながら腰を下ろしたものの、やはり三べえが場を塞《ふさ》いでいるには違いない。勘兵衛と伝兵衛は六畳の火鉢の前にどっかと坐り、藤兵衛は茶の支度をしようとしてか、盆を手にしてうろうろしている。

「権左衛門は息災か」

「この時期になれば達者を取り戻すがに。そうそう、土産を持ってきたんだわ」

勘兵衛と伝兵衛は千草が差し出した塩松茸を「それは恐れ入る」と受け取り、勝手に包みを開いている。

「日に干してから塩で漬けとるで、日持ちがええのよ。その代わり、食べる前は水に漬けて塩抜きせんと、そのままでは塩辛《かろ》うていかん」

「ええのう。漬け立ては白うて、見事じゃ」

三人で頭を寄せ合い、うっとりと壺《つぼ》の中を眺めている。芳香が立って、小四郎も久しぶりに喰いたくなった。上納できぬ傘の開いた松茸を使っているので、香りはかえって高いのだ。

「さて。これがきゃた郎への土産。じい様から」

千草が膝前に置いたのは、一抱えもある葛籠《つづらかご》である。

「そっと開けて、中を見たらすぐ閉めろって」

言われるままに蓋《ふた》を半分だけ持ち上げて中を覗《のぞ》くと、白い綿のようなものが詰まっている。

「シロじゃないか」

「うん。今朝、じい様が久しぶりに御林に入って採ってきたがや。土の上に松葉を薄く敷いて、所々にそのシロをこう、なすっておくがええと言うとったがに」

「有難い……これで舞台が一段と、らしくなる」

小四郎は立ち上がって、夕暮れの縁側に出た。そこには平作が届けてきた、竹籠《たけかご》詰めの松茸が置いてある。その脇に、シロの葛籠を並べて置いた。

これだけ大勢の者が助力してくれている。しくじるわけにはいかぬと足を広げ、腕組みをする。気配を感じて振り向けば、千草と三べえが珍しく神妙な面持ちでこっちを見上げていた。


本堂から読経《どきょう》が聞こえていたが、やがて御鈴《おりん》の音が響いた。

茶菓《さか》のもてなしを経て一行が庭を巡り始めたのは、半刻《はんとき》ほど経ってからのことだ。

御松茸狩を表立って催すわけにはいかぬので、小四郎だけが同心の装束《しょうぞく》で控えている。御林奉行の者もいない。ただ、そこかしこに警固の者が身を潜めている。

今日は御人払《おひとばら》いで他に参詣客もいない。和尚《おしょう》の案内で、一行はゆっくりと散策を始めた。

少し目を上げると、庭木の幹越しに思った以上の人数であることが知れた。

三べえが言うには、小四郎の父は大殿が失脚した直後に配置換えを命じられたが、大殿に付き添って仕え続けている小姓も何人かいるようだった。

ああ、近づいてくる。

そう思うだけで、総身が強張《こわば》る。

果たして、我らの「小知恵」が通ずるか、どうか。

あの日、上野御林の御山守である山本権左衛門は、父親から聞かされたという、古い話を披露した。

「その昔、姫様が御松茸狩を所望されたことがありましたそうな」

「姫……となると、江戸か」

「はい。まだ幼い姫でありゃぁしたんで遊びで所望されたのでしょうな。ですが藩邸の庭は庭木のためにたっぷりと肥料を弾んだ肥え土で、とても御松茸が生えるような土壌ではござりませんがに。そこで……尾張から抜いたばかりの御松茸を江戸に運び、奥の庭に植え替えたそうにござります」

「植え替えなんぞ、できるのか」

「埋めたと申した方が正しゅうござりましょうな。松茸を抜く際の手ごたえを作るために大鋸屑《おがくず》に糊《のり》を混ぜて穴に入れ、そこに数本ずつ、計五百本を夜なべで埋めたそうにござります。まあ、姫様にことがけて奥女中らが楽しんだのでござったのでしょう」

「姫や女中らの気散じならそれも良かろうが、まことの御松茸狩をご存じの大殿にそんな子供騙《だま》しのやり方は通じまい」

「小四郎様、ここは割り切るしかありませんがや」

「割り切れだと。権左衛門の言とは思えぬな」

「割り切るとは、分けて考えるということですがや。大殿に御松茸狩をしていただきたいのか、それとも……」

その夜、権左衛門の案を考え続け、夜明けと共に腹を決めた。

御松茸は昨日、小四郎が一人で埋めて回った。少し頭が見えるほどに穴を掘り、二本、三本ずつを挿《さ》していく。別の木の周囲には松笠《まつかさ》を転がせ、薄く松葉を散らし、シロを箸《はし》で松葉にすりつけた。松茸を抜くときの手ごたえを作ることは、あきらめた。大鋸屑を使えば必ずそれが根につく。抜いた途端に風情《ふぜい》が台無しになるような気がした。四、五日前に植えて根づきを待つ方法も考えたが、下手をすると松茸が土中で悪くなる可能性もあった。秋雨にやられたらそれだけで御陀仏《おだぶつ》になる。思案の末、前日に一気に埋めることにしたのである。

数珠《じゅず》を手にした和尚が先導して、赤松林に一行が入ってきた。

大殿にかつて「傾奇《かぶき》」と呼ばれた面影はなく、江戸の豪商や文人の方がよほど贅《ぜい》を凝らした装いをしているとさえ思った。といっても間近で見上げるわけにはいかぬので、袴の裾《すそ》や白足袋《しろたび》から察するだけだ。

ふと草履《ぞうり》の鼻緒が目に入って、しまったと、臍《ほぞ》を嚙む。

あくまでも、参詣が目的なのだ。御松茸狩の装いで来られるはずはなかった。御林を訪れる藩主は足首を紐で結わえる草鞋《わらじ》をつけており、そのまま御鷹狩《おたかがり》にも出られるような出で立ちなので、そうと思い込んでいたのだ。

草履では林の中を歩きにくい。わざわざ散り敷いた松葉で足を滑らせたら大変なことになる。しかもそれは赤松の根方《ねがた》ではなく、本物のシロのごとく根元から離して配置したのだ。案内役がいなければ、そこは通り道にしか見えない。

一瞬、眉間に手を当てた。足元に注意してくれと先導の和尚に申し出るべきか、それともまだ間に合う手立てがあるか。

が、大殿の足は根方より遥か手前で止まった。

「ここ、じゃのう」

目を上げれば、大殿が羽織の紐を解《ほど》いているのが見えた。銀鼠《ぎんねず》の羽織袴で、羽織の紐の房だけが濃緑である。かたわらの小姓が背後に回り、羽織の袖をすっと引く手つきをした。その束の間、小四郎は息を呑んだ。

羽裏《はうら》の生地に、天狗が描かれている。それは赤松の根元で相撲を取っている白装束の天狗で、行司の天狗は赤松の梢に片手を掛け、足は宙を飛んでいる。土俵は大きな輪を描くように生えた御松茸で、思い思いの向きに首を傾げ、軸を曲げ、あるいは松葉をかぶってこっそりと頭を擡《もた》げているものもある。

まさに、あの覚書に描かれていた絵の筆致だった。

胸が一杯になる。

大殿は悠々と身を屈め、松葉を手で払った。軸を持って少しねじるように抜く。と、手が止まった。ふと根元を上に掲げ、目を凝らしている。が、そのまま何も言わず表情も変えず、小姓が捧《ささ》げ持った竹籠にそっと入れた。さらに一本、もう一本と摘んでいく。

その所作は七十歳近い御人と思えぬ精悍《せいかん》さで、二十年以上も外出を禁じられていたとはとても信じられない。横顔を窺えば鼻梁《びりょう》が高く、頬は殺《そ》げてはいるが窶《やつ》れは微塵も感じられない。今もなお、総身に威風が満ちていた。

大殿はやがて供の者らにも和尚にも摘むように勧め、自らはそのさまを眺める。その姿は、村人が祭で踊るのを眺め、民がこの世を愉しむのを寿《ことほ》ぐ様子に重なって見える。

御林を去り際、小四郎も一行の最後尾に従ってなだらかな斜面を下りた。つと、大殿が足を止め、振り向いた。小四郎はまた膝をついて頭を下げる。

「大儀であった、榊原」

はっとして思わず顔を上げた。たじろぐと、大殿が小さくうなずいた。

「皆の者によしなに伝えよ。達者で過ごせと」

背後に控えている側近の二人も静かに微笑んでいる。歳の頃はちょうど父と同じ、五十も半ばに見えた。

小四郎は木漏《こも》れ陽《び》の下で、一行の後ろ姿がやがて小さくなるのをいつまでも見ていた。

興正寺を出てから、やけに気が急《せ》いた。

役宅で待っている三べえに、一刻も早く報告してやりたい。それから上野村に駆けねばならない。権左衛門と平作、そして村の者らに大殿の言葉を伝えねばならない。千草にも。

――大儀であった。達者で過ごせ。

大殿は松茸が移植したものであることに気づいていたのだろう。やはり、すぐに見抜かれた。それでもいいと、小四郎はどこかで肚を括《くく》っていた。

御松茸狩は目的ではなく、手段だった。三べえや権左衛門、村の者らは、民は大殿を忘れていない。ただ、それだけを伝えたかった。

足を速めると、角から現れた者と鉢合わせしそうになった。だが向こうは待ち伏せていたかのように半身を引く。栄之進だ。

互いに目礼を交わし、共に役宅に向かう。道すがら、小四郎はつい思いを吐き出していた。

「大殿は何ゆえ、ここまで罰せられねばならぬのです。仮にも御三家筆頭の大名であった御方を、御公儀はいつまで幽閉されるおつもりか」

「恐らく……御公儀は今も恐れているのだ」

「大殿を、ですか。ですが公方様《くぼう》はもう、何代も代わっている。蟄居を命じられた大御所、吉宗公もとうにこの世におられないではありませぬか」

「大御所の恐れが、今も公儀に受け継がれているのであろう。それほど大御所は憤り、怖気立《おぞけだ》ったのだ。宗春公の藩政にではなく、その考え方を心底、恐れられた」

「考え方」

「藩主と民の関係を、取引と言ってのけるほどの御方だ。その考えは幕藩体制をより強固にせんとする吉宗公には、まことに都合が悪かった」

ようやく、何かが腑《ふ》に落ちるような気がした。公儀から蟄居《ちっきょ》謹慎を命じられて、二十三年もの歳月を経ている。その境遇に置かれ続けてもなお、大殿はあれほどの威厳を保っている。世間がいかに尾張を腰抜け呼ばわりしようと、若かりし頃の宗春公と相対すれば、次代は将軍の座を持って行かれると大御所が恐れても不思議ではない。

いや、宗春公の考えは、徳川家による支配の根幹を揺るがしかねないものであったのかもしれないと、小四郎は思った。

尾張藩はそもそも徳川本家に仕えているのではなく、本家と比翼《ひよく》を成して京の帝に仕えているのだという矜持《きょうじ》がある。宗春公は帝をのみ頂《いただき》に仰ぎ、政《まつりごと》を司《つかさど》る為政者と民を対等に捉《とら》えたのではないか。

――無駄を省き、倹約するは、家を治める根本である。さりながら道理を弁《わきま》えず、やたらと省くばかりでは慈悲の心も薄くなり、酷《むご》く不仁《ふじん》たる政《まつりごと》となる。

あの書き付けにあった文言は、吉宗公が享保期に行なった御改革を真向《まっこう》から批判しているようにも取れる。吉宗公は自ら率先して倹約に努め、装束も膳もことのほか質素であったので、大奥では「野暮将軍」などと不評であったらしい。

宗春公はまさにその逆であった。禁制で人を縛る政を為政者の恥とし、人々に「愉しめ」と言った。自らが流行を作るほど豪華絢爛《けんらん》を極め、民の憧憬《どうけい》にも似た尊崇《そんすう》を一身に集めたのだ。

大殿が藩士に配ったという『温知政要』は焚書《ふんしょ》とされ、小四郎の世代の藩士は目にしたことがない。父が記したあの覚書に出会っていなければ、小四郎も知らぬままであっただろう。

「俺は凡庸《ぼんよう》な男ゆえ、いつか藩政にかかわりたいなどと夢を見ており申した。ですが今は、ようわからぬようになっております。もし大殿が藩主の座を追われなければ尾張はどうなっていただろうと己に問うと、以前は莫大な赤字をさらに増やしていただろうと簡単に答えを出せました。が、大殿は後に財政再建の手は打っておられる。失脚したゆえ、その成果は永遠に大殿の手柄とされぬだけではないか。近頃はさように思うことがありまする」

「そこよ。大殿はかほどに慕われる大名なのだ。家臣は生きるために口を噤《つぐ》まざるを得ぬが、尾張の民は大殿への思いを失わない。その人望が、大御所の妬心《としん》を煽《あお》ったのやもしれぬ」

小四郎は町人らが掲げたあの提灯《ちょうちん》の群れ、そして権左衛門ら山の者を再び立ち上がらせた力を思う。

生まれてきたこの世も、悪くない。

人々はきっと本心からそう思い、その歓びを忘れないのだろう。

肩を並べて歩く栄之進を見た。

藩の間者《かんじゃ》ではないかと、疑っていた。奉行所の内情に通じ、御松茸狩の許が出たことも逸早《いちはや》く知っていたからだ。しかも思い起こせば度々、上野御林から姿をくらました。が、今ではその推測も揺らいでいる。権左衛門の手下として山々を見廻る仕事は、方々に足を向ける。つまりどこをどう歩いていても、疑われることはない。

「そこもとは、もしや御公儀の隠密か」

するとと栄之進は黙っている。

「認めるのか」

栄之進はほとんど口を動かさずに、低声《こごえ》で語る。

「大御所、吉宗公の意を受けた御老中、松平乗邑様《のりさと》の命よ」

小四郎は「なるほど」と呟いた。松平乗邑公と言えば往時の勝手掛老中《かってがかりろうじゅう》で、宗春公失脚を仕組んだ首謀者の一人と目されていたと、耳にしたことがある。むろん遥か後の、密かな噂によるものだ。宗春公が蟄居を命じられた当時、小四郎はまだ五歳だった。

「尾張の実状を探るが任務であった。それがし以外にも、多くの間者がこの尾張に送り込まれたはずだ。宗春公が蟄居後も謀反《むほん》の儀なしかを、公儀は窺《うかが》い続けたのだ。それがしは尾張藩士と養子縁組をして、正式に御林奉行所の同心として着任した。が、大御所が薨去《こうきょ》して、御老中もその何年も前に亡くなっていた。それがしは役目を秘されたまま、主を失った。実際、山流しに遭《お》うたのよ。妻が男と逃げたのもまことだ」

京町通りを渡り、中級の武家屋敷が居並ぶ町に入る。この道を東に折れれば小さな役宅がぎっしりと並ぶ界隈で、西には城が聳《そび》えている。十字路に立つと、栄之進が一瞬目を伏せ、そして顎を上げた。その横顔は、城とは逆の東に向いている。

「察しはつけておろうが、この数年は江戸に度々、出向いていた。昔の朋友が大身《たいしん》の旗本に入り婿しておって、先年、公儀の重職の任に就いた。で、それがしに仕官《しかん》の口がかかった」

「では、大殿の御松茸狩に御許が出たのは、矢橋殿のお力添えですか」

「馬鹿な。それがしにさような力はない。……ただ、力を持つ者に吹き込むことはできる。相手が知りたいことを教え、報酬を受け取る代わりに望みを提示する。まあ、それが功を奏したかどうかはそれがしにもわからぬ。いかに謀《はかりごと》を巡らせようと、最後は巡り合わせよ。それを運と申す者があれば縁と申す者もあり、奇跡と申す者もあろう」

栄之進はそこで言葉を切って、小四郎の真正面に立った。

「その方の話もしてある。どうだ、共に幕政で力を揮わぬか」

「幕臣、ということですか」

「むろん、榊原家は尾張徳川家の家中《かちゅう》だ。おぬしがまず養子を取って榊原家の家督を継がせ、その後、おぬしは相応の幕臣の家に入るという手続きは踏まねばならぬ」

「杜撰《ずさん》な手口ですね。とうてい、うまくいくとは思えませぬ。それとも、それがしはどなたかの権力、あるいは財力のお世話になるのでしょうか」

誰かの権力や財力を恃《たの》みにするということは、その一派に連なるということだ。それは奉公する身としては、自明の理だ。

「おぬしを引き上げんとする力を、みすみす逃《の》がすな。今の身の上のままでは、嫁取りもできぬぞ」

うなずきつつ、小四郎は栄之進から目を逸らした。

栄之進の言うように、これは滅多と巡ってこない運、果報《かほう》なのだろう。俺が榊原家を出ても家が続くようにさえしておけば、そして幕臣として力をつければ、縁戚もとやかくは申すまい。

ふと、千草の顔が浮かんだ。

一緒に江戸に参ろうと言ったら、怒るだろうな。いや、年老いた権左衛門を残して随《つ》いて来るはずはないと、考え直す。

そして、俺もまだ御役目を果たしていない。まだ、母上に胸を張って説教できる身ではない。

いつまで娘のように遊び呆《ほう》けておられる。お控えなされ。

お、いいぞ、この、上から物を言う感じ。

今なら、父、清之介の心情が少しはわかるような気がしていた。

父上は大殿と離れて、己《おの》が人生を生きたのだろう。藩士としての奉公ではなく、妻子と共に過ごす日々をこそ慈しんだ。それを愉しみとした。燃え尽きたのではない。自ら、あの生きようを選んだのだ。

小四郎は「だが」と、顔を戻した。

「矢橋殿。それがしはここでやっていく。そうだ、今度こそ出世して御林奉行になる。いや、家老だ、国家老を目指す。また、御公儀が嫉《ねた》むほどの尾張にする。私は、そうしたい」

「おぬしはやはり、極めつけの堅物だ」と、栄之進は眉を下げた。苦笑している。

黙って、頭を下げた。

役宅が並ぶ細い道に入ると、ちと惜しいことをしたかなと思う。

いや、いやいや。何で俺は大見得《おおみえ》を切った後、それを後悔するかなあ。

己に舌打ちをしながら戸口に入ると、三べえが並んで上がり框《がまち》に腰を掛けていた。

「待ちかねたぞ」

三人が一斉に立ち上がる。

「平作が先ほど参って、御松茸の追加注文が入ったらしい」と、勘兵衛が眉間をしわめる。

「生で、千五百本」と藤兵衛が告げ、伝兵衛が短い腕を組む。

「至急、江戸に送らねばならぬそうじゃ」

小四郎はうんざりして、溜息を吐いた。

「また、無茶な注文を。いつだって至急だ」

すると三べえは、「わしらがついとる。案ずるな」と口を揃えた。

「ぼやぼやするでない。すぐに上野に出立いたさねば、日が暮れてまうがに」

「いえ、この際だから申しますが、一々、従いてきて下さらなくて結構です」

小四郎は戸障子を閉めようとしたが、三べえはぐいぐいと外に出てくる。

「遠慮致すな。お前ぁの面倒は、わしらがしっかり見てやるで」

逃げるように小四郎は駆ける。

さあて、御林に帰ろう。

【参考文献】

「江戸藩邸物語」氏家幹人　中公新書
「規制緩和に挑んだ『名君』——徳川宗春の生涯」編著／大石学　小学館
「金鯱叢書　第36輯　史学美術史論文集」白根孝胤　編／徳川黎明会　思文閣出版
「キノコの教え」小川眞　岩波新書
「勤番武士の心と暮らし　参勤交代での江戸詰中の日記から」酒井博・酒井容子　文芸社
「菌譜　下」坂本浩雪
「近世尾張の地域・村・百姓成立」大塚英二　清文堂出版
「元禄御畳奉行の日記　尾張藩士の見た浮世」神坂次郎　中公新書
「元禄尾張藩の御山廻り　——新居村　加藤伊之右衛門——」木原克之　森山郷土史研究会
「森林の江戸学　徳川の歴史再発見」編／公益財団法人徳川黎明会　徳川林政史研究所
東京堂出版
「怡顔齋菌品　坤」松岡恕庵　平安書肆
「日本の樹木」辻井達一　中公新書
「近世の瀬戸——ここで作り、ここで暮らした——」瀬戸市史編さん委員会編　瀬戸市

解説

武田砂鉄（ライター）

世の中には、というか、とりわけ仕事の世界では「あれはオレがやった」という自覚や自慢に満ち溢れている。満ち溢れているということは、実際に達成された案件の数よりも自覚や自慢の数が多かったりする。つまり、複数の人が一つの案件に対して「あれはオレがやった」と言い切っているわけだ。

自分のサラリーマン生活はさほど長くはなかったが、同じ案件に対して、別の人から二日続けて「オレがやった」と聞いたことがあり、私は心を無にして、ですよね、さすがですよね、と簡素《かんそ》に持ち上げてみると、本当に持ち上がるのだった。なんでそんなに「オレがやった」と言いたがるのだろう。もしかしてオレがやっていないからだろうか。功績の取り合いって往々にしてみすぼらしいものだけれど、とはいえ、ですよね、さすがですよね、と繰り返した自分もまた、そのみすぼらしさに加担していたのだろう。

本作はそんな〝功績〟の話とも読める。算術を得意とする、江戸で生まれ育った尾《お》張藩《わりはん》の藩士・榊原小四郎《さかきばらこしろう》は、逼迫《ひっぱく》する藩財政の立て直しをはかろうとしていた。徳川御三家の一家・尾張藩は、その四〇年ほど前から不名誉な言いようを蒙《こうむ》っていた。家康公《いえやすこう》より続いた直系の血統が、七代将軍家継《いえつぐ》公がわずか八歳で病没することによって途絶え、次なる跡目を襲う分家の一つとして尾張の名があったものの、その最有力とされた尾張の徳川継友《つぐとも》公は結果的に選ばれず、八代将軍の座に迎えられたのが紀州の吉宗《よしむね》公。なぜ尾張はだめだったのか。「家老から家臣に至るまでが呑気《のんき》に構えて、何もしなかったことが露呈《ろてい》した」からだ。

尾張の態度は、今っぽい言い回しで言えば、語尾上げで「まぁ、大丈夫じゃね？」となまけるモラトリアムの学生のよう。大丈夫じゃねぇのだ。不名誉なことに尾張は「大根」と呼ばれた。その財政の立て直しを画策する小四郎の願いとは裏腹に、かつての放漫政治がいまだに祟《たた》り、勤番侍は羽を伸ばしっぱなし。そんな小四郎に言い渡されたのが「御松茸同心《おまつたけどうしん》を命ずる」。さほどのことでもないというのに、事件のとばっちりを受けて左遷されたのであった。

いざ、父親の故郷である尾張で松茸を育てることと相成った小四郎。尾張では幕府への献上品として貴重だった松茸の不作が続いていた。その不作を立て直し、殿への上納を用意せよという。手入れの届いていない林を立て直していかなければいけない。

「江戸藩邸の奥からの追加の御所望だ。御機嫌伺用《ごきげんうかがいよう》の上物《じょうもの》、追加で八百本。小四郎、おい、聞こえたか」

まだ一九歳であるのに、運の尽き……随所に見える小四郎のやさぐれ方が何ともいい。

「じょうものをついかで、はっぴゃっぽん。

何だ、それ。

小四郎は何かに吸い込まれるように目を閉じ、仰向けに倒れた」

不作の原因を知ろうと文献を漁り、そして、山の面倒を見続けている矢橋栄之進《やばしえいのしん》とともに画策してみる。著者自身、尾張藩の林政史料の中にあった御松茸狩りの記録に出合ったことが、この小説を書くことになったきっかけなのだという。その史料には家臣が御松茸を何本賜ったかが事細かに記されており、お姫様の御松茸狩りお出ましとなれば、大勢で夜なべして庭に御松茸を埋めたりしていたという。

そのエピソードは、権左衛門《ごんざえもん》が小四郎に「小知恵」として話した中に盛り込まれている。

「まだ幼い姫でありゃしたんで遊びで所望されたのでしょうな。ですが藩邸の庭は（略）とても御松茸が生えるような土壌ではござりませんがに。そこで……尾張から抜いたばかりの御松茸を江戸に運び、奥の庭に植え替えたそうにござります」

「松茸を抜く際の手ごたえを作るために大鋸屑《おがくず》に糊を混ぜて穴に入れ、そこに数本ずつ、計五百本を夜なべで埋めたそうにござります」

何だかとっても今っぽい。急遽、明日朝イチで本社から役員がやって来ると知らされたときの支店みたいである。役員にプレゼンするための資料を、大急ぎで「それっぽく」仕上げてみせる、あの感じだ。つまり、昔も今もやろうとすることは変わらない。この小説を読み込んでいくと、産地偽装から上長への忖度《そんたく》まで、その行動をそのまま今のサラリーマン社会に置き換えることができそうだ。やっぱり仁義だよ、今回限りばかりはしかたないよと、自分で自分に言い聞かせる。

小四郎が松茸作りに取り組んでも、そう簡単にうまくいかない。藩からは、収穫ができないことへのお咎《とが》めだって受けてしまう。期限とされた三年を過ぎても藩政に戻れる兆しはなし。このまま山にこもるのかと思ったところで、大殿の徳川宗春《むねはる》が暗躍《あんやく》することになる。まさかのまさか、松茸が復活を遂げていく。

一度地獄を見た企業が復活劇を遂げるというドキュメンタリーがサラリーマンの活力となって久しい。バブル期の悪戦苦闘を回顧する物語も十八番《おはこ》である。当然、そこには「あれはオレがやった」が溢れている。本書に描かれている群像は、その「オレがやった」社会の基本形ともいえる。人の営みって、自分という存在を少々盛ってみたり、わざと謙《へりくだ》って様子見したりする中で築き上げられていく。たぶん、小四郎の周りにも、「あの松茸、オレが復活させたんだよ」という何人かがいて、その周辺では、事実の伝わり方が微妙に変わっていたに違いない。当たり前だけども、日々の断片の蓄積が歴史になるということを教えてくれる。この小説に流れる日々の断片にいつまでも首を突っ込んでいたくなる。そのうち、読者のくせに「オレがやったんだんだよ」と言い出しそうな勢い。オレにもこんな経験があってさ、と記憶を豪快に捏造《ねつぞう》して誰かに話したくなってきた。

二〇一七年　七月

この作品は2014年12月徳間書店より刊行されました。

徳間文庫

御《お》松《まっ》茸《たけ》騒《そう》動《どう》

2017年9月15日 初刷

著者 朝《あさ》井《い》まかて

発行者 平野健一

東京都港区芝大門二—二—二〒105—8055

発行所 株式会社徳間書店

電話 編集〇三(五四〇三)四三四九
販売〇四八(四五一)五九六〇

振替 〇〇一四〇—〇—四四三九二

印刷
製本 図書印刷株式会社

ISBN978-4-19-894254-0 (乱丁、落丁本はお取りかえいたします)